だから家族は、

山田佳奈

双葉文庫

目次

だから家族は、

序章　あの女

好きだったんだ、と思った。

子供の頃、好きな色を訊かれたら二秒もかからず緑色と答えていたほどだ。厳密に言うと、青味と黒味が混じった中間色の、深く渋い常緑樹のような色を好んだ。戦隊モノでは主人公のレッドではなくグリーンが一番だったし、信号機の進行を意味する灯火がどう見ても緑色なのに、「アオ」と呼ばれることにも納得いかなかった。文房具もスニーカーも緑色で揃え、クレヨンなどを使って絵を描くときも真っ先に緑色が小さくなっていた。この緑色好きは食べものにも徹底されていた。パセリやブロッコリーなど、子供が苦手な野菜は好き嫌いなく食べられたし、おやつにマスカットが出てくると、取り立てて果物が好きというわけでもないのに歓喜して手を伸ばした。そして出掛けると決まって、抹茶のソフトクリームを食べたいとねだった。高速道路のサービスエリアでも、買い物で訪れたデパートの地下食料品売り場でも。綺麗に巻かれた緑色のソフトクリームを見かけるたびに、濃厚ながらもほんのり苦くて少し大人びた味を想像して口を湿らせていた。できることなら毎日でも口にしたいと思い、誕生日に欲しいものを訊かれたら、抹茶のソフトクリームを作る機械と無邪気に答えていたのを覚えている。

あれは、いつだったか。真冬に父とテーマパークへ行ったことがある。

家から車で僅かの距離にある其処《そこ》は、元々戦後、国有地の払い下げを受けて個人が始めた動物園を衣替えしたもので、広大な動植物園に遊園地や自然史博物館を併設した、全国的にも珍しい市営の複合施設だった。季節柄、風が強く、寒さが身に刺さるようだったが、僕は喜びのあまりはしゃぎまわっていた。餌を水槽に投げ入れても飛び込まない、それどころか水に触れることを拒む白くまや、広場にあったブラキオサウルスの像。もはや骨董品のフラワーカップやバッテリーカーなど、どれもこれもが面白くてさんざん走りまわった体はじんわりと汗をかいていた。

体力を使い果たした僕がベンチに座って休んでいると、いかにも父は機嫌が良さそうに売店へ向かった。やがて帰ってきた父の手には抹茶のソフトクリームが握られていて、僕はとにかく嬉しくて夢中になって頬張った。父は頬の筋肉を膨らませて笑っていた。そして背中側からまわって僕の右隣に腰を下ろし、僕の左隣に座っていた女の人と親し気に笑みを交わしていた。

彼女は子供の目から見てもとても綺麗な人だった。物腰が柔らかい小柄な女性で、笑うと純粋さが少し歳を取ったみたいに口角が持ち上がり、一本一本の前歯が規則正しく並んでいるのがわかった。清潔感があり、肩よりも伸ばした黒髪はいつも几帳面に纏《まと》められていて、衣服からは洗剤の甘い香りがした。僕をよく気にかけ、まるで自分の子供のように世話を焼いてくれる人だった。

「ねえ准《じゅん》くん。寒くない？」

控えめに口元を綻ばせて、彼女が語り掛けてきた。

父は顔色を窺わなくてもわかるくらいに穏やかだった。そして父と彼女に挟まれた僕が、いかに抹茶のソフトクリームが好きかということを力説していた。

「こいつは抹茶が好きなんだ。緑色だから」

「私はね、いちごが好き。ピンクは女の子の色だから」

僕が返答に困っていると、父は苦笑していた。まるで父自身も女の子という言葉に照れ臭さを感じているような、それでいて飾り気のない気質にはさっぱり縁がないような態度だった。そして僕の頭を撫でてくれていた。

「まあ、俺らは男だからな。わかんねえよな」

そう言われて、そうか父と僕は同じ男なんだと思った。

自分の特徴を説明するのにひとつの名詞で表現するのは無理があるし、セクシャリティを持ち出すなんて、いかにも前時代的な考え方だとも思う。緑色だピンク色だなどと、性差をつける固定観念はもう古いし、問題視されてもおかしくない。しかしあのとき僕は、父と同じ男なんだということが無性に喜ばしかった。そして幼心に誇らしく思う僕を、肯定してくれるかのように彼女も声を上げて笑っていた。

「准くんが子供ならとても素敵ね」

けれど、素敵なことなんてなかった。兄が冷蔵庫から飲み物を取り出して不貞腐《ふてくさ》れたように席につき、姉が炊飯器の蓋を開けて米をかき混ぜると、台所に水っぽい匂いが充満した。出来合いの茶色い惣菜ばかりが並ぶ食卓に悪態をついた兄が、早々にその場をご馳走様と後にして、食事を済ませた父が自室のテレビに齧《かじ》りつく。それらが妙に記憶に残っていて、すべてが煩わしかった。母が出て行った家でひとつの食卓を囲んでいる意味もわからなかったし、整然と並べられた皿の上の食べ残しがまるで阿呆《あほ》らしく感じられた。

早く子供から抜け出したかった。でも実際大人になってみると、自分の力で生きて行かねばならない過酷さを心底痛感した。衣食住を整え、義務を果たし、責任を負うのは大変なことで、いかに世間を舐めていたかと思い知った。しかし誰にも気を遣わず、自分のことだけを考えていれば良いというのは、子供の頃より随分と気楽なものだった。生活をどのように送るかは個人の自由であり、無駄なものに振りまわされるべきではない。その事に満足感すら覚えた。

家族団欒《だんらん》で食卓を囲む時間がもう来ないことに、寂寞《せきばく》とした感情を抱くことはなくなっていた。こんな家族、早く終わってしまえば良いのに——そう思っていたのが少し寂しく、痛くもあった。

第一章　僕

ゆるやかに、ゆるやかに変化していく。

場所、時間、記憶、人間関係。全部或る一定の期間を過ぎたら姿かたちを変えて、次の段階に進んでいく。それは家族も同じで、結婚、昇進、出産、進級など、いわゆる世間並みの流れを経て変遷を繰り返す。だから、いつしか僕は途絶えることなく続く動きに、抗っても無駄なんじゃないかと思うようになった。人間なのだから仕方がない。感傷に浸っても過ぎたものが戻ってくるわけではないのだから。きっと、父もこうやって様々な問題に、思いを巡らせてきたのだろう。

「大丈夫?」

視線を落としていると、まさ美《み》が神妙な面持ちで訊いた。

親指を人差し指で強く掻いていたようで、ささくれがえぐれていた。考え事に集中すると無意識に指の皮を引き剥いている。原因はストレスらしいが、長年の悪い癖だ。もうどうしようもない。

頷いて珈琲に口をつけた。さっきまで温かみのあったカップからは熱が消え、酸味と強い苦味だけが残る。

突然の報《しら》せだった。

洗濯物を取り込もうと目を離した隙に、父が忽然《こつぜん》と姿を消した。電話越しの姉は動揺して声が震えていて、僕は頷くことしかできずに電話を切った。

「ご実家帰るんでしょ？」

考え事と考え事の隙間に挟み込まれた言葉が、現実に引き戻すように響いた。

「まあ、姉ちゃんしんどそうだったし。俺もずっと任せっきりだったしさ。たまには貢献しておかないと」

空気を和らげようと平然を装って、僕は普段通り事もなげに穏やかな表情を湛えた。

二年前——父が認知症を患っていると聞かされても、不思議と驚かなかった。

父の様子がおかしいと気付いたのは、車を運転しているときだった。帰省していた姉を助手席に乗せ、駅方面に走り出した直後、ドンドンドンと前を走る車にぶつかったそうだ。軽い気持ちで送迎を頼んだ姉は驚いたが、父は身体を硬直させたまま何が起こったのか理解できていなかったという。追突した運転手の無事を確認し、警察に連絡をした姉が声をかけると、ようやく父が口にできた言葉は、「何をどうしたのかわからない。車がひとりで動いた」。そう言うので精一杯だったらしい。

事故を起こしてから、父は運転どころか急に物覚えすらもおぼつかなくなった。食事や電話したことを忘れてしまうのに理解力が必要になる受け答えはしっかりできたり、朝起きると着替えや会話がままならず癇癪《かんしゃく》を起こし、あるはずのないことを誰かの仕業であるかのように話していたのに昼過ぎにはケロっと元に戻っているときもある。そのため姉は父との同居を二つ返事で頷いた相手と結婚し、実家に戻ることを決めた。本当に見習いたいぐらいの包容力を持つ相手と結婚した、と当時思ったのを覚えている。

「准は平気なの？」

「そうだね。俺は全然かな」

「ならいいんだけど」

「前々からちょっと怪しかったしね。今更変に驚かないかも」

半ば諦め気味に苦笑した。変化しないものなんてないのだから仕方がない。

「お父さん、会っておけばよかったね」と、まさ美が俯いた。「お正月帰らなかったから」

「それは関係ないよ」

「でも私に気を遣ってくれたんじゃない？　ひとりだけ帰るの悪いからって」

「まあ、ないって言えば嘘になるけど。それは大して関係ないよ。いつでも帰れる距離だし。なら帰らなくても良いかなって、そう思っただけだから」

「ごめんね」

「何で。全然だから」

まさ美の声に自責のニュアンスが混じり、慌てて付け加えた。認知症が原因で失踪したと思われる父親のことを、誰のせいにもできないし恨むこともない。ましてや彼女のせいにできるわけもなかった。

「向こうにはいつ帰るの？」

「わかんないけど。明日とか明後日とか。なるべく早めに」

「そう」

「どうして？」

「だって大変なのに。准だって仕事辞めちゃったばかりで」

言いづらそうにまさ美が黙った。

「そうだね」

曖昧に笑ってみせ、水を飲み干して気持ちを落ち着かせた。

十一月の終わり、六年半ほど勤めた広告代理店を辞めた。勤務条件に対して不満も、給料や人間関係に不服もなく、入社以来世話になった上司に「ならば辞める理由はないじゃないか」と引き留めてもらったりもしたが、安穏と仕事をこなすうちに期待されていることに嫌気がさした。一定の基準に従った順序だけで中堅とみなされ、会社に貢献できる売り上げを出せと言われたかと思えば、何も気にせず自分の好きなものを企画として残せとも言われた。照準が相手次第で変わることに疑問を持ち、何が正解かもわからなくなっていた。かと言って、新たな展望や目標があるわけではなかった。単純に仕事を続ける理由を見失った。それが退職理由だ。

翌週、会社を辞めたとまさ美に報告した。晩飯に訪れたチェーン店の居酒屋で彼女はじっとタッチパネルを眺めながら、いいんじゃないと余計な詮索をすることなく言った。その反応に肩透かしを食らい、準備していた言葉をどう変容させて継ぐべきかわからず閉口していると、彼女は僕の好物ばかりを注文し笑った。「仕事を辞めたからって准が准じゃなくなるわけじゃないんだから」。見透かされているような配慮が照れくさくも、彼女の優しさがとても嬉しかった。

水のおかわりを頼もうと店内を見渡すと、小さな喫茶店は週末だからか混雑していた。長居する客に気を配る余裕もなく、注文を追い切れずに走りまわる店員がカップル客からパンケーキのオーダーを受けていた。歳は五十代前半ぐらいだろうか。刈り上げた頭に白髪が目立ち、額には汗が滲んでいる。

空になったグラスに視線を戻すと、まさ美が物憂げな表情で僕を見つめていた。

「どうかした?」

「いや」

答えにならない返事になった。君とのことを思い返していたとは言えるはずもない。ばつが悪くなり、話題を切り替えようと椅子に座り直した。

「そっちは？　お母さんと電話できた？」

父親の件をこれ以上話しても仕方がない。ここで思案しても状況は変わらないのだ。しかしまさ美は口を結んだ。

「――そうね」

その反応で、間違えたなと思った。

「元気だったよ」少し考えて、まさ美が続けた。「新しい彼氏と上手くやってるって」

「そうなんだ」

「だからお正月帰ってくるなら紹介したかったたって言われた。私に、その人を」

年末年始、母親が待つ栃木の実家にまさ美は帰省しなかった。

理由は幾つかあるそうだが、十数年前に離婚してから男性にだらしなくなった母親――彼女曰く、一緒にいると倫理観などが欠落する相手――を倦んで、実家を出たのを機に関わりを絶った。独りで過ごすことを恐れ、恋人との同棲離別を繰り返す母親は、生活力に乏しかろうが殴られようが、傍に寄り添ってくれるならばそれで良いと男に甘え続けていたらしい。

「ずっと不快だったし、疲れるから避けてきた。今後もできるだけ関わりたくない」そう淡々と喋る彼女のことが気掛かりで、僕は実家に戻るのをやめて年明けまで一緒に都内で過ごした。

「そっか」

頷いた。せめてもの慰めと、この話題を選択した僕からの罪滅ぼしになれば良いと思った。

「うちのお母さん、男の人大好きだからね。誰かいないと生きていけないから」

「寂しいんじゃない。歳とってひとりだと」

「ほんとにそう思う？」

「みんなあるよ。親の好きなとこも嫌いなとこも」と、僕は言い直す。

「じゃ准は好き？　お父さんお母さんのこと」

わざと無愛想にまさ美が言った。

考えたこともなかった。産まれてから死ぬまで、親はあらかじめこの人たちと決まっている。それに好きか嫌いかなんて、意識したところで代替が利くものでもない。

「どうだろう」

誤魔化したわけではなく、本当にどうだろうと思った。

だがいま思えば、彼女を残しておけないという理由で、僕も家族から逃げ出そうとしていたのかもしれない。身内と顔を突き合わせることで、あれこれ気遣ったり詮索されたりと、面倒な受け答えに時間を割くのが目に見えていた。それに認知症の父親のこともある。年明けから憂鬱になりたくはなかった。

「答えたくなかったら、別にいいけど」

「いや、感謝はしてるよ。この歳まで育ててくれたわけだし。でもまた違うじゃん。親子と言っても個人だから、相容《あい》れない部分もあるだろうし」

短い息をついた。

　すると、あらためてまさ美が訊いた。

「だったらあの女の人のことは？」

　図らずも身体の中がざわついた。

　それが父親の浮気相手のことを言っているのは、すぐにわかった。だが割り切っていると言いたかったのに、僕は自然と顔を背けた。

「まあ、俺もいい歳だしね」

　視線の先では刈り上げ頭の店員が、未だ気が休まらない状況なのか、作り笑いであくせく働いていた。ここに就職したら、彼と同じように労働のなんたるかを叩き込まれるはめになるのだろうか。それでも時間を持て余して、心の重心を揺さぶられているよりは、よっぽど良いと思えた。

結局、水のおかわりを頼むことなく店を出た。

ウール素材がびっしりと編み込まれたアウターを着込んでいるというのに、店内との温度差が耳や鼻先を刺した。顔を首元にすっぽり埋めると眼鏡が鼻息で曇る。遠視特有の目が大きく見えたり、掛け心地に違和感があるといった、子供の頃に抱えていたストレスはもう感じなくなっていた。いまではかけていない顔のほうが気恥ずかしいほどで、慣れとは不思議なものだなと、上唇を少し前に出して息を下に向けて吐いた。対照的にまさ美は薄めのキルティングコートを羽織っただけで、まったく平気な顔をしていた。ウールだと目が詰まっていて重くて肩が凝る、というのが彼女の持論らしい。

青山一丁目から表参道にかけて少し歩いて、地下鉄へ潜った。ようやく身が解ける思いで発車標を見ると、ダイヤ乱れで電車が遅れていた。

「この後どうする？　うち来てもいいし、そっち行ってもいいけど」

そう言うと、まさ美は音程を探るような声でうーんと唸《うな》った。

「ごめん。明日あるし今日はやめとく」

「それはそうだ」

僕は目を伏せた。明日は月曜日なのだ。無理もない。

「でも、これでしばらくは会えなくなるね」

いつになくまさ美の声が寂しげに聞こえた。そして何かを考えるように顔を上げると、遠慮がちに僕の名前を呼んだ。

「ねえ、准」

「うん？」

「私、准がご実家帰ってるときに、どこかで挨拶行ってもいいかな？」

言葉に困った。予想だにしなかった提案だった。

どう答えようか迷っていると、まさ美が取り繕うように続けた。

「違うの。迷惑をかけに行くつもりはなくて、何か私にできること。まあ、ないとは思うんだけど、准にとって楽になることがあるなら行きたいと思ってるの」

「うん。わかってるから大丈夫だけど」

そう言うと、僕は誤魔化すように笑った。実家なんてところは面白くもなんともない。ただの記憶の荷物置き場のようなものだ。

「来ても何もないとこだしさ」

「でも、もしもだよ。もしもこの先、准と一緒になるとしたら、こういうときに顔を出すのは大事なことじゃないかと思うの。ご家族のことだし。私も今後関わるかもしれないじゃない？」

化粧気の薄い顔にある大きな瞳で、まさ美は懇願するように見上げた。彼女の言い分は十分に理解できる。かと言って、第三者の来訪を神経質な姉は何と言うだろうか。

「この先のいろんなことはまだわかんないよ。俺だってどうなるかわかんないし。そっちだって途中で別のやつと結婚したいと思って、俺なんか放り出したくなるかもしれない」

冗談めかして言ったつもりだった。ところが予想外にまさ美は深刻そうに眉をひそめた。

「それはどういうこと?」

気まずさを払拭しようと、僕は敢《あ》えて軽口で続けた。

「別に深い意味はないよ。可能性としてね」

まさ美は吐く息を我慢するように、下唇を噛んで俯いた。

電車が到着する合図が響いて、視線を向けた。暗がりから丸い二つ目の光線が仄《ほの》めいて、けたたましい走行音とともにホームに迫ってきていた。

「とりあえずさ、大丈夫だから。すぐ帰ってくるし。家のことは心配しないでいいから」

「だったらさ、そんなこと言わないでよ」と、まさ美は目を上げた。「付き合ってるのに寂しくなるから」

やがてホームに電車が滑り込み、走行風でなびく髪を憎々しそうにまさ美が押さえた。

普段だったら受け流しそうなやり取りを、思慮深い彼女が何故そこまで意固地になるのか。腹に落とせずに僕は黙っていた。

まさ美とは書籍の出版記念パーティで知り合った。彼女が勤める出版社が刊行した有名著者の新作が実写映画化することに合わせての催しで、僕は気後れしながらも会社の都合で参加した。受付で促されるがまま中に進むと、招待客には顔見知り同士も多かったらしく、対面すると歓声があがるほどに場内は盛り上がっていた。しかし会場の派手なシャンデリアや金の屛風というミスマッチ感も相俟《あいま》って馴染めず、僕はコンパニオンから渡されたシャンパンを喉に流し込んでいた。内輪独特の盛り上がりにどうも鼻白んだ心地になり、苛々《いらいら》と時計ばかりを気にしていた。

そこに声をかけてきた女性が、まさ美だった。彼女は出版社のネームプレートを首から下げ、僕に腹の空き具合を確認すると、すぐさま会場の中央に並べられたオードブルへ向かった。そして皿にひと口サイズのピンチョスやローストビーフなどを綺麗に盛りつけて戻ってくると、控えめに笑って、「何かあればまた声をかけてください」と言って離れていった。そんな彼女に触れて、一瞬にして恥ずかしさが沸き立つのを覚えた。気付かぬうちに退屈そうな態度をとっていたのだろう。まがりなりにも取引がある会社のパーティだというのに、不快感を露わにした態度をとっていた僕に、彼女が気を利かせてくれたに違いなかった。

居てもたってもいられず、締めの挨拶終わりに彼女を見つけて声をかけた。厚かましさを詫びると柔《にこ》やかに彼女は、お気遣い頂かなくて良かったのにと答えた。それ以後、僕らは友人として親しく付き合うようになった。何度か食事に出掛け、休日も共に過ごす時間が長くなり、どちらからともなく交際を持ち掛けた。

あれから間もなく一年半。彼女が結婚を意識し出すのも、不思議ではない。互いの年齢的なものを考えてもとても自然な流れだと思う。


それ以上何かを喋ることはなく、僕らはじゃあねと別れた。互いの最寄り駅で別々に電車を降り、寄り道をすることなく真っ直ぐに家に向かった。唐突に僕の実家に行きたいと希望する彼女の思いをはかるよりも、いまは身体を落ち着けたい気持ちの方が勝っていた。

帰ってきて山積みにされた衣類をまとめて洗濯機にかけ、クローゼットからキャスター付きのトランクケースを引っ張り出した。どうせ実家に帰るだけで、現時点でトランクの中に詰められるものは何もない。手持ち無沙汰になって冷凍パスタを電子レンジに放り込んだ。

父が失踪したという報せを受けてから、寂しいとも哀しいともつかない曖昧な感情が続いていた。何故父はあの家から居なくなったのか。上着や靴はちゃんと身につけて出たのか。それとも裸足のままなのか。財布や小銭入れは持って行ったのか。いま何をして、どこに向かったのだろうか。次から次へと襲い掛かる不安や疑問が頭を過ぎり、てんでんばらばらに散らばっていた。

少なからず僕は混乱していた。SNSで見かける失踪人捜しの投稿に対して、自分がいかに遠い世界のこととして捉えていたかがわかる。身内の問題になった途端、先の見えない事柄が衝突し、過度な不安が頭上を覆っていた。

これじゃ姉と同じだ。そう言い聞かせて、暖房の温度を上げるとソファに横たわった。すると静かな部屋に、スマホの着信音が鳴り響いた。空気の読めないメロディが鬱陶しく、無視しようとクッションに顔を埋めた。父の消息に関して、これ以上追い打ちをかけられたら、頭の中で洪水が起きる自信があった。それでもなお途切れずに鳴らされる着信音が気になり、ソファから重い体を起こしてスマホに手を掛けた。

画面を睨むと、知らない番号からだった。

「はい?」

「あ、准? 俺だけど元気してる?」と、粘っこい男の声がした。

誰だ。声色に覚えがない。前の会社でやり取りをしていた相手だろうか。僕はできるだけ丁寧に対応する。

「あの、差し支えなければお名前をうかがっても宜しいですか？」

「おいおい、俺のこと忘れちゃった？」男が意地悪く笑った。

「すいません。番号を登録し忘れてたようで」

「つまんねえなあ。お前、返しにセンスがないよ」

苛立ちで喉がつかえた。どこまで失礼な男なのだろう。こちらの現状も知らないくせに。

「いや、ほんとわかんないんで」

「親父さんのこと隼人《はやと》くんから聞いてさあ。俺も心配じゃん、お前ら家族のこと。だから電話したのよ」

「兄貴ですか？」

「だって俺、お前の番号知らなかったもん」

男が唇を尖らせたのがわかった。

飄々《ひょうひょう》とした態度にひどくペースを乱される言動。遡る記憶の中で、声色と態度が合致する人間に思い当たった。

「――禄朗《ろくろう》さん？」

一瞬の間が空いて、尾を摑むように言った。

「やっとわかった？　末っ子はそうやってすぐわかんないふりするから」

と、また男は笑った。

長谷川《はせがわ》禄朗。こうやって話すのはどのぐらいぶりだろうか。数年前に実家へ帰省して以来かもしれない。

兄と中学時代からの友人である禄朗さんは独特な人だった。家へ頻繁に出入りしては、史上最強の漫才を作ったからお笑い事務所に売り込みに行こうだの、エロ本を拾ったから俺らのリビドーで供養しようだのと、くだらないことを思いつく度に周囲を巻き込んだ。その偏奇な行動に付き合いきれず、盛り上がる兄とは裏腹に、弟の僕は敬遠してできるだけ距離を置いていた。

「お前、こっち戻ってくんの？」

切れ目なく繰り出された問い掛けに、曖昧な声を発した。

「まあ、休み取ろうかと思って」

「マジか。代理店ってそんなに暇なわけ？」

「そうですね。ぼちぼち」

正直に言う必要はない。変にからかわれても面倒臭いだけだ。

「禄朗さんこそ、いま仕事どうしてんですか」

「ああ、俺？」

「続いてんのかなと思って。ラーメン屋でしたっけ」

「あんなのとっくに辞めたよ」と禄朗さんが笑った。「いまは動物の血液回収やってんだわ」

「何ですか、それ」

どんな職業だ。好奇心が動いた。

「要はあれよ。健康チェック用にさあ、犬猫とかの血液を車で輸送すんのよ。病院側が採取した血液を試験管みたいなのに入れて、すごい速さで回す機械に入れるとまざり物が底に沈んで、黄色く上澄みになんのね。それを検査会社によろしくお願いします、って運んでやるってわけ」

電話口で禄朗さんが得意気になるのがわかった。昔からこの人は優越感を得るために、中途半端な知識を是見《これみ》よがしにひけらかすところがある。

長電話になるかもしれない。僕は冷蔵庫からビールを取り出して、プルタブに手をかけた。

「それで、今度は続きそうですか？」

「紹介されて二か月経つから、まあ続くんじゃゃん？」

「へえ」

「上出来でしょ。俺なんて、大体何やっても三日坊主で終わるんだから」

「それ自分で言います？」

「しょうがないって。俺と隼人くんは、お前と違って忍耐力ないもん」

しれっと禄朗さんが答えた。

「別に忍耐力なんてないですよ」

「でもお前、ずっと牛丼屋でバイトしてたじゃん」

苦笑した。確かに僕は、高校の三年間を牛丼屋でのアルバイトに費やした。けれども忍耐力を特別必要としたわけではなかったし、業務内容も肉と米を盛って、迅速に客の胃袋へ提供することだけだった。志望理由も有触れていて、家から距離が近かったのと、まかないで牛丼が食べられるのが有難かったからだ。

「覚えてる？　一回さあ、お前んとこに隼人くんと二人で食いに行ったじゃん」

「そうでしたっけ？」

「そうだって」禄朗さんが語尾を強めた。「お前、俺が肉ダク汁《つゆ》ダクって注文してんのに、しなしな玉ねぎだけどんぶりに盛ってきたじゃん。しかも玉ねぎが沈むぐらいにどっぷり汁入れてきて。そしたら隼人くん爆笑でさあ。調子のって、追加ですげえ紅しょうが盛りつけてくんのよ」

肉なしの玉ねぎダクダク汁どっぷり牛丼に盛られた紅しょうがを想像した。いかにも高校生が考えそうな悪戯《いたずら》だ。

「食いたくないな、それ」

「ほんとマジで。あんときガチでお前らのこと殺してやろうかと思ったからね」

禄朗さんが威勢良く息を巻いた。

適当にあしらってビールを半分ほど飲みかけたところで、パスタが電子レンジに放置されたままなのを思い出した。しかし独りで味気ない食事をするよりも、誰かとこうやって話していた方が幾分か気が紛れる気がした。

「そういえばさ――」

禄朗さんの興味が次に移り、続きを待った。

「アイツまた老けたでしょ？」

「アイツ？」と僕は訊いた。

「いや、香織《かおり》さ」

歯切れ良く答えた禄朗さんに、どうだろうと返した。姉の容姿について考えたことなんてない。

「あんなもんじゃないですか。結婚しちゃうと」何でもないことだと、僕は言い添えた。

「旦那、いくつ上だっけ？」

「九歳だったかな」

「結構おっさんじゃん」

「気になんないですよ。俺と兄貴も七つ歳離れてるし。いい人なんで兄貴とも上手くやってくれてるみたいで」

「あー、それに甘えて見た目に気を遣わなくなった感じだ」

揶揄《やゆ》するような口調で禄朗さんが言った。

「それだけじゃないと思いますけどね。親父のこともあったんで、余裕ないっていうか」

「まあな」

と禄朗さんが淡々と続けた。

「ガキの頃とは違うしな、親も俺らも。働くのも面倒くせえしな」

うまく返答できなかった。歳を重ねれば肉体は衰えていくし、記憶も曖昧になってくる。それは当然だし、人間に限ったことではない。健康チェックにかけられた動物もそうだ。禄朗さんが言う——採取した血液をすごい速さで回す機械とやらに家族を入れたら、澄んだ部分には何が浮かぶんだろう。僕には見当もつかなかった。

洗濯機が回転速度を緩めて、終了ブザーを鳴らした。禄朗さんにわからないように洗濯物を取り出し、靴下やアンダーウェアであれば明日には乾いているだろうと、適当にランドリーパイプにかけて風呂場の衣類乾燥ボタンを押す。すると息をすっと吐くように、禄朗さんは言葉を継いだ。

「親父さん、ほんとどこ行っちゃったかねえ」

父の問題は自分の問題でもあるからと調子良く続けられたが、僕は何も言わなかった。違う。これは家族だけの問題なのだ。
そう、胸の内だけで反論した。

午前中に駅周辺で散髪を済ませてから東海道新幹線に乗り込んだ。覚悟のようなものがないと帰れない気がして急遽駆け込んだヘアサロンだったが、いかにも女子人気が高そうな美容師は嫌な顔ひとつせずに丁寧に応対してくれた。頭が軽くなればそれで良く、さっぱりさせて欲しいとだけ伝えると、美容師は隠れツーブロックにしてボリュームを落としましょうと細やかに鋏《はさみ》を入れた。

自由席はサラリーマンの姿が多く、通路を挟んで隣に座る黒い背広を着た男が、豪快にあくびをしていた。連日の出張疲れが取れずにいる。そんな顔でパソコンを睨んで、目を何度も瞬かせていた。

少し眠ろう、と背もたれに身を預けイヤホンをして音楽をかけた。ライブラリに追加された楽曲がシャッフルにかかって、フジファブリック『陽炎』、the pillows『スケアクロウ』、エレファントカシマシ『戦う男』、サカナクション『ネイティブダンサー』、くるり『東京』ときて、THE YELLOW MONKEY『バラ色の日々』が流れて意識を傾ける。

かつて僕も哀しみを音楽にできたら良いのに、と思っていた時代があった。だから高校生のときにストラトキャスターを買って、ヒーローになることを望んだ。歴史に名を残す数多くのギタリストに愛された本家ブランドであるFenderの製造ではないギターだったが、実際に作りも悪くない品質だったし、最初の一本としては十分な魅力を持っていた。

ギターを手に入れた僕はバンド練習に明け暮れた。熱心に音楽を聴いて研究し、アルバイトのない日は必ず友人らと遅くまでスタジオに籠もった。それなのに何故ロックミュージシャンを志さなかったのかと問われれば、センスが壊滅的になかったとしか言いようがない。ギターの神様と呼ばれるジミ・ヘンドリックスや、ジェフ・ベックみたいな演奏はできないと思っていたし、音楽じゃ食えないと頭から決めつけていた。就職して組織に所属した方が安定できる。おのずと父を反面教師にしていた。

父は製本屋だった。祖父の引退を機に、それまで勤めていた会社を辞め、家業を継ぐことを選んだ。しかしDTPやらオートメーション製本による新しい波は零細企業には厳しかったようで、時代の流れには抗えず、家計を相当逼迫していた。無論、母親も内職やパートに出て働いていたが、学費の高い塾に通うことや、海外にホームステイすることなどは叶わず、僕も無給の労働力として手伝いを強いられた。暇なんてないと伝えても聞いては貰えず、店の掃除や片づけを強要され、店を閉めるとやっと解放される。

小遣いを貰えたことは一度もなかった。

だからどこかで理想を放棄していた。現実を受け入れることで何もかも諦めていたのだと思う。

結局イエモンに聴き入って一睡もできず、バスに乗り込んだ。数年前までは乗車整理券が必要だったのに、僕を含めた乗客のほとんどが機械に交通系カードをかざしていた。実家までバスで三十分、車では二十五分。中心部から離れるとスーパーが近所にないので、買い物も車で行かないとならない不便な土地だ。大型業務用スーパーが建つと言われていたのに、未だに更地のままになっているし、歩きで行ける距離にコンビニができたのは僕が成人したよりずっと後だった。

最寄りのバス停に下車し見上げると、空はどんより曇っていた。陽の光が遮断されているせいか、久しぶりに目にした家は外壁が汚れて緑色にくすんでいる。記憶よりも遥かに色褪せて見えた。

どんな顔つきで家に入るべきかわからず深く息を吐き、少し辺りをぶらついて時間稼ぎをしてから中に入ろうかと時計を確認した。フォーマルな格好に合わせて購入したメタルベルトの腕時計は、四時過ぎを指している。時間に縛られることのなくなった僕には、もはや仰々し過ぎてアンバランスに感じられた。

傍にある砂利が無造作に敷き詰められた空地に視線を移した。言うまでもなく、父が乗っていた車は其処には止められていなかった。

事故による車体の損傷はそこまでひどくなかったものの、走行距離と修理費を考えて廃車にした。そう姉から聞かされたとき、噎《む》せ返《かえ》るように子供の頃の記憶が蘇った。真夏の炎天下で走行していると冷房が効かなかったことや、後部座席で横になって足を窓に投げ出すと怒られたこと。そんな他愛ないものばかりではあったが、父とは切り離せない思い出ばかりだった。

父は運転が好きだった。だから釣りやら遊園地やら、休日になると決まって車で連れて行ってくれて、僕は行きたい場所を心密かにリストアップしていた。どこへでも行ける優越感に浸り、クラスメイト達からは羨望の的だったのを覚えている。うちの父は家族思いだということが子供心に自慢だった——はずだ。

物思いに耽《ふけ》っていると一台の軽自動車が姿を見せた。淡いブルーの車体が路地を慎重に抜けてきて、ハンドルを切り返して空地に駐車した。

運転席から降りてきたのは姉だった。彼女は素っ気なくおかえりと言うと、後部座席からスーパーの買い物袋を取り出した。

僕は決まりが悪く、ただいまとだけ返した。

「連絡してよ。こんなに早く帰ってくるなら、駅まで迎えに行ってあげたのに」

「いや、早めに帰って来いって言ったのは姉ちゃんじゃん」

「そうだけど、遅くなると思ってたから。それにあんただって、こっちで夕飯食べるつもりだったんでしょ？」

「そのつもりだったけど」

「だったら言わせて貰うわよ。夕飯作るのは私なんだし、あんたに合わせてたら何時になるかわからないんだから。作る側のことも考えてよ」

「まあ」

納得するのも癪に感じ、どっちつかずな返事をした。

姉が車体にキーを向けてロックボタンを押すと、ウィンカーランプが光って施錠されたのがわかった。透過された買い物袋からは、餃子の皮が押し潰されるようにして覗いている。「アイツ老けたでしょ」。禄朗さんの嘲けたような言葉が咄嗟に蘇り、ふいと姉の顔を見た。その通りかもしれない。目のまわりが落窪んで顔色が悪く見え、若干痩せた気がする。

鍵を差し込み玄関ドアを開けると、古い民家の生活臭がした。他所《よそ》では感じることがない実家特有の匂いに、思わず胸をなでおろすと、姉はすぐさま食材を冷蔵庫に詰め込む作業に取り掛かっていた。

父が忽然と姿を消した——その事実がまるで嘘みたいに感じられ、食卓の椅子に座ってぐるりと室内を見まわした。焦茶色の食卓の上や、置かれてあるものやレイアウトは一切変化がなかった。麦茶のパックや大袋のおかきがクリップで閉じて雑然と置かれていたし、食器棚の中には人数に不釣り合いな数の皿やグラスが並んでいた。

姉は食材を詰め終わるとスーパーの袋を丁寧に折り、トースターが置かれたワゴンのかごへ放り入れた。そしてようやく振り返って、本題に入った。

「ねえ、お母さんから連絡あった？」

小さく息を呑んだ。父が失踪して四日が経とうとしていた。

「ないけど。何で？」

「お父さんのこと。そろそろ警察に届けないとまずいしさ。私たちだけじゃ限度あるじゃない。それなのに全然折り返してこないの」

「だとしても、俺の方には連絡してこないでしょ。こっちに居るわけじゃないしさ」

「そうだけど」と、姉が言葉を濁した。「自分の旦那だった人なんだから」

「兄貴は何て？」

「あの人はもっと駄目だよ。人としてズレてる。何言っても話にならない」

「でも二人で話したんでしょ？」

「あの人はただ体裁気にしてるだけで何もしないんだから。警察行くのも嫌がって話が進まない」

姉は口元を歪ませて不満を紡ぐと、虚空を見ながら突き放すように言った。

「同じ家に居るだけで意味なんてないんだから、どうせならあの人が出ていってくれれば良かったのにね」

黙るしかなかった。異議を唱えるよりも何も言わないほうが得策だ。これ以上機嫌を損ねられても面倒くさい。

姉は兄を嫌悪していた。それは今日に始まったことではなく父の認知症が発覚するより随分と前からで、実家を出たり戻ったり幾度と繰り返す兄の生活態度にも、同居する父の病気に気付きもしなかった無関心さにも、苛立ちを感じているようだった。だが認知症は発熱したり、咳が出るようなものではないし、症状が一気に酷くなることもあるのだから兄を責めても仕方がない。これればかりはどちらの言い分も肯定し難く、どちらか一方に与しようがなかった。

やがて皮肉も言わず感心も示さない僕に焦れて、姉は洗濯物を取り込みに二階に上がった。尋問から解き放たれて、何をするともなくスマホを取り出すと新着メッセージが来ていた。差出人はまさ美だった。

《こないだはごめんね。元気にやってる?》

絵文字などで飾られていない簡素な文章を見つめて、太い息を吐いた。

いまの僕には、感情を適切に表現する余力が残っていない。思考が停止し、何て返信すべきか——わからない。そう書いて消した。

夕飯を済ませ風呂に入ると、部屋着に着替えて自室でだらしなく寝そべった。六畳にも満たない部屋には、生活していた頃と同じ時間が流れていた。勉強机の脇に積み上げられた雑誌や、CD・ラジオカセットの位置、ポスターを貼って剝がした画鋲の跡。何もかもが当時の配置のままだったし、木製ベッドの上に掛けられた布団には狭い世界が染みついてしまっていた。

仰向けに向き直ると、暇つぶしにCM監督のデビュー作となる映画をスマホで見た。しかし女性が好む絵面を意識し過ぎたのか、ファッショナブルではあるが過剰な演出で、会話がまったく頭に入ってこない。口コミでは点数が高かったものの、とくに面白くない展開が続き、こりゃ駄目だと途中で見るのを止めた。おそらく僕は未だに仕事感覚で映画を見ているのだと思う。

広告代理店に務めていたとき、僕はマーケティング部に在籍していた。市場や消費者の動向を調べて、どんな広告が売り上げ向上に繫がるのか戦略を立案し、効果を数値化してレポートすることが求められた。デジタル広告の増加やSNSの浸透など、時代の流れは常に変化し、炎上しない広告表現であることも意識しなければならない。世の中へ大きく影響を与えるからこそ、日頃から新しい情報をキャッチし、トレンドへの強い関心がなければ務まらない仕事だった。だから幾つもの映画や書籍に目を通した。本当に素晴らしくて震えるようなものから創り手の意図を疑うようなものまで注文は様々で、つまらないものはつまらない、と声を大にして言える陳腐なものでも、それを何とかヒットに結びつけなければならなかった。その何でもかんでも前向きに業務を行わねばならないことが苦痛で、同調圧力的な空気が不得意な僕には向いていなかった。いまではシンプルに、そう思う。

階下から、騒がしいほどの笑い声が聞こえてきた。姉は旦那を駅まで迎えに行って留守だ。だとしたら、兄が誰かと連れ立って帰ってきたのだろう。

深く息を吐いた。平凡な色合いの天井をぼんやりと眺めながら、できることならゆっくり過ごしたいと願った。とはいえ帰省して兄と顔を合わせないのも気まずい。ならばと眼鏡を外して瞼を閉じてみたが、待てども待てども顕在意識の波は眠気をよこしてくれそうになく、真っ白な時間だけが過ぎていった。ほとほと考えるのも面倒になり部屋を出ると、諦めて階段を下りた。

廊下を抜け、数珠を並べたような暖簾《のれん》をくぐると、喧騒とアルコールの匂いが鼻についた。兄と連れ立って帰ってきたのは禄朗さんで、食卓の上にはすでに空けられた缶ビールが幾つも放り出されていた。二人はスマホの画面を凝視し、中年の男優に責め立てられて股を大きく開脚させる――いかにも大学のテニスサークルに居そうな女子を装った――女優のアダルト動画を鑑賞しながら下劣に笑っていた。おそらく姉は軽薄でおそましいと、この光景を見たら怒り狂って呪うことだろう。

「おお、おかえり」

先に気付いたのは禄朗さんだった。遅れて兄が顔を上げ、それに反応する。

「ただいま」

「おう」

何てことない。元々体格が大柄な兄は、他者に愛想を振りまくことを嫌い、横柄に生きてきた。それが今更どう変わるわけでもない。

相変わらずな兄との再会に苦笑して、冷蔵庫を開けた。夕飯に出た餃子が、ラップをされた皿の上で規則正しく並べられているのが目に入る。そして庫内上段を見ると、ビールのパックが跡形もなく消えているのに気付いた。

「ビール、全部飲んだ？」

「ああ、悪い。飲んじった」

画面から目を逸らさず兄が答える。

やや呆《あき》れて、冷蔵庫から麦茶を取り出し、水切りにあるグラスを取った。

「俺はいいけどさあ」と麦茶を注ぎながら続けた。「絶対姉ちゃんに何か言われるよ？」

「わかってるって。そこのコンビニで後で買ってくりゃあいいんだろ？」

「まあそうだけど」

予想した通り、兄は微塵も悪びれた様子を見せなかった。下に覗く濃い藍色に染め上げられたズボンは仕事着のままなのか、所々黒く擦れている。それがどうした、そんな仕草でトレーナーの首回りを引っ張って緩めていた。

兄は道路工事現場で誘導灯を振っていた。一日八時間立ちっぱなしで、与えられた現場によっては車両の通行止めや歩行者誘導やトラックの出し入れなど、場所や状況次第で様々なことをやらされる。そのくせ給料は意外と安く、時給で言うとコンビニと同じくらいだとぼやいていた記憶がある。

「それよりお前さ」

女優の喘ぎが食卓に跳ね返り果ててると、兄は続けた。

「トイレの紙知らね？」

「上の棚んとこじゃないの」

「そこにねえから」

「じゃあわかんないよ。俺、この家住んでないんだし。自分のが長く住んでんだから訊かなくたってわかるでしょ」

「長く住んでもわかんねえから訊いてんだよ」

流し台に寄りかかって腰を預け、麦茶を飲みながらやれやれと思った。ふいに村上春樹の小説に登場する人物のことが頭の片隅に浮かんだ。彼らも応対相手の傍若無人な悪態に堪りかねて、やれやれと溜息をついたのではないだろうか。だとしたら、無職でも女たらしでも、白いテニスシューズばかりを好んで履いていても、共感の余地はある。厄介ごとに巻き込まれる面倒臭さを、互いに労っても良いくらいだ。

するとと禄朗さんがふざけて、兄を指差して笑った。

「こいつ、便所行けねえってずっと文句言ってんのよ」

さも面白そうに手を打ち鳴らし、迸《ほとばし》るような声を響かせる。それに兄は唇の端を歪めて、むきになって言い返した。

「うるせえな。お前のせいだからな」

「何でよお。便所借りただけじゃーん」

「お前が腹痛てえとか言って籠ってたのがいけねえんだろ」

「だってすんごいのよ、こんな大きいの出たんだって。まじで」

「いいって。言わなくて」

眉根を寄せてむすりと兄が答えると、禄朗さんはわざと口をひん曲げた。

「すぐ怒るぅー」と禄朗さんは兄にお道化て縋りついた。「優しくしてって」

「ふざけんなよ。優しいのと便所は別もんだろ、同じにすんな」

肩に添えられた禄朗さんの手を払いのけると、浮ついた口調を刺して兄が言った。だがどうってことないと、禄朗さんは気に掛ける様子もなく、上半身を仰《の》け反《ぞ》らせて椅子の背にだらしなくもたれた。

「あー、彼女欲しい。真面目に。エロくて可愛い子に優しくされたい」

「お前がひとりの女とか絶対無理だろ」

「何でよー」

禄朗さんは仰け反らせていた身体を折りたたむと、今度は大袈裟にテーブルへ突っ伏してみせた。

確かに、兄の言う通りだ。禄朗さんが興味を持って長続きさせた例を、過去見たことがない。異性にしろ趣味にしろ関心はどれも短命で、虚しく消えていった。激しく熱を上げる女性ができたかと思えば、翌日にはどこ吹く風で彼女を泣かせていたし、一度しか袖を通さず人に譲った服なんかもたくさんあった。

それを言うと僕も似たようなものだ。ギターも仕事も、大して長続きせずに最後は全部放り出してしまった。牛丼屋でのアルバイトがいくら続こうが、忍耐力なんて備わるはずがないのだ。

自責の念に駆られていると、兄がこちらを一瞥してにやついたのがわかった。反射的に視線を逸らし、目の端で様子を覗う。嫌な予感がした。

「准って、お前相手いんの？」

「いるけど。何で？」

「まじ？　童貞が？」

ほらな。嫌な予感ほどよく当たる。

「いつのことだよ」

「だってお前ガキんときやばかったじゃん。すげえ暗かったし。小学校のときなんか、俺に泣きながら石投げつけてきたこともあったもんな？」

始末が悪い言動にむっとした。昔から兄は僕をいじって、サンドバッグにしたがるところがあった。その悪癖が出たのだ。

兄は野卑な薄笑いを浮かべて、お構いなしに攻撃し続けた。

「女子と話してるとこ、ちょっと茶化しただけなのによ。すげえマジになって、頭おかしかったもんな、お前」

「あれは兄貴がからかってくるから嫌だったんだって」

「人のせいにすんなよ」

「だって事実そうだったんだから。実際本気で兄貴にむかついてたし、何度やめろって言ってもやめてくれなかったじゃんか」

くそ面倒だった。何でこんなことで僕の話題になるのか意味不明だった。

「いいからどうにかしてやれって。お前だって童貞卒業してんだろ？」

「無理だって、そんなの。禄朗さんに紹介できる子なんていないよ」と僕は反論した。

「それにあんま童貞がどうとか言わない方がいいよ。もはや経験人数とか、何の自慢にもならないからね」

「それでも誰かひとりぐらいいいんだろ。知り合いで、尻が軽そうなやつ適当に紹介してやれって」

しつこく食い下がる兄に、だんだんと苛立ちが募った。仕事も続かない男に、誰を紹介できるというのだろうか。

馬鹿馬鹿しくなり、やるならとことんやってやろうと臨戦態勢に入る。すると外から車が近づいてくるのがわかった。エンジンが止まり、玄関が開いて真っ直ぐこちらに向かってくる足音がすると、姿を現したのは呆然とした顔の姉だった。

「おう、おかえり」と兄が言った。

しかし姉は何度か瞬《まばた》きを繰り返し、食卓を一瞥すると深い息を吐いて、不快そのものといった表情で僕らを眺めた。そのまなざしに言い訳がましい気持ちは失せ、身がぎゅっと縮こまった。

少し遅れて、旦那である隆司《たかし》さんが顔を出した。首元のネクタイは緩められ、着まわしてくたびれた黒い背広姿が、新幹線で出会った男とダブって見えた。整髪料で押さえつけられた髪は形状を保てなくなっており、終業間際に発生したというクレーム対応の痕跡が滲んでいた。だが余計なお世話だ。何を着たっていいし、会いたくない人間に会う必要もなくなった無職の僕が、同じ目線で見栄えをどうこう烏滸《おこ》がましく言える立場になんてないのだから。

「お邪魔してまーす」

平然と、禄朗さんが声を上げた。

けれども姉は二人を避けて食卓を迂回すると、車の鍵を食器棚の引き出しにしまった。

それを見かねてか、隆司さんが場を取り繕うように挨拶をした。

「こんばんは」

「あっ出た。旦那?」と、禄朗さんが騒ぎ立てる。

禄朗さんのリアクションに、兄がふいを突かれた顔をした。

「え、お前会ったことなかったっけ?」

「ないない、はじめましてよ」

「隼人くんのお友だち?」

「ああ、同じ中学だったんすよ」

「へえ、そう」と隆司さんは短く返事をして、折り目正しく頭を下げた。「すいません、お世話になってます」

「そんなそんな。頭下げなくてもいいって」

隆司さんの腕を軽くぽんぽん叩くと、禄朗さんは初対面だというのに無遠慮に肩を抱いた。

「俺もこの家とは長くやっていきたいと思ってるんで。ほんとよろしくお願いしますね」

「お前、隆司さんのが全然年上だからね」

度を超す馴れ馴れしさに兄が苦言を呈した。しかし動じず、禄朗さんは悪気なくといった表情であっけらかんと笑った。

「関係ないでしょ。家族になっちゃえばそういうの。俺と隼人くんの仲だし。ねぇ?」

同意を求められて、逆に腹を立てる気にもならないのか隆司さんは笑っていた。禄朗さんの馴れ馴れしさは天性のものだと思う。順序を踏まずに距離感を縮めていく術は、誰しもが真似できるものではない。

姉はしばらく床に視線を落としてやり取りに耳を傾けていたが、やがて耐えきれないといった様子で二階に上がって行った。それを見送ると隆司さんはぎこちなく頭を下げた。そして上で着替えてくるねと言って、姉を追いかけるようにして立ち去って行った。

僕は麦茶のグラスを軽く濯《すす》いで水切りに戻した。男三人に戻り、どうにも間が長く感じた。

「つうかさあ」

薄ら笑いを浮かべて、禄朗さんが言った。

「あの夫婦ってこの家でセックスしてんでしょ？」

さすがに、と思った。だが先に反応したのは兄だった。

「お前、そういうのやめろよ」

「だって気になんない？　どのタイミングであのふたりがやってんのか？」

「気になんねえよ、うるせえなあ」

嫌悪感を露《あら》わにして、兄が鋭い口調になった。鼻の穴が膨らみ、禄朗さんに軽蔑の視線を向ける。

「何でえ。こういうの、いつもノリノリじゃない」

「身内のセックスなんか誰でも嫌だろうよ」

「だって夫婦なんだからあるでしょうよ。ここで抱き合ってたり、キスしてたり」

「お前は、ほんとしつけえな」

「そう言わないでよ。俺ねえ、あのふたりは結構やりまくってると思うよ」

「だからやめろって言ってんだよ」

兄の怒声に目を剝くと、禄朗さんはやがて不満そうに口を捻り上げた。

姉夫婦を想像せざるを得ないからなのか、僕自身が独身だからなのか、禄朗さんの言葉にはリアリティがなかった。親や兄弟と同居する夫婦がどんな性生活を過ごしているのか、まったく見当もつかない。毎回ホテルに行くにしても金銭的な負担が大きいだろうし、車でというわけにもいかないだろう。将来的に考えると自分にも起こりうる事柄なのに、おのずと他人事に差し替えている気がしてならなかった。

時計はもう十時半過ぎを指していた。そろそろ部屋に引きあげよう。むしゃくしゃした兄のサンドバッグにされたら、堪《たま》ったもんじゃない。ところが空気を読んでか、先に退散宣言をしたのは禄朗さんだった。

そそくさと椅子の背にかけていたダウンジャケットに袖を通し、エロ動画を見ていたスマホをポケットに押し込んで禄朗さんは立ち上がった。顔をしかめた兄が「都合悪くなるとすぐこれだ」と皮肉めいて言ったが、まったく聞こえないふりをして僕に訊いた。

「准はいつまでこっちいんの？」

「まあ、当分は」と、答えた。

つまるところ父次第だろう。何らかの形で決着がつくまで、おそらく実家暮らしになる。

訊いてきたくせに禄朗さんは興味もなさそうに受け応えた。そして眼鏡をかけた僕の面構えを見て哂《わら》うと、単純に思い浮かんだように言った。

「お前コンタクトとかにしないの？　冴えねえ顔してんのに」

「楽なんですよ。眼鏡のほうが」

「そんなもんかね」と禄朗さんは軽く受け流した。「頭良い末っ子は違うなあ」

僕は何も答えなかった。好んで末っ子になったわけではないし、禄朗さんに口先で勝てるわけがなかった。

しかし禄朗さんがまた連絡すると言い残して家を後にすると、途端に手持ち無沙汰になった。さして仲が良くない兄と二人きりで、どんな会話をすべきか見当もつかず、腹が減ったふりをして無駄に冷蔵庫を漁った。早々に部屋に戻れば良いのに、無言で立ち去って行くのも何かが違う。すっかり兄弟にあるはずの気軽さを失っていた。その空間に耐え切れなかったのは兄も同じだったようで、食卓の椅子から立ち上がるとコンビニに行くと言って出て行った。

下手くそな芝居から解放された僕は、残骸になった缶ビールをシンクで濯いで、ゴミ箱に投げ入れた。腕に力がこもったせいか、アルミ缶の中に含まれていた水気が、ゴミ箱の底にぶつかって顔まで勢いよく散った。それを袖口で拭い、シンクの端に目をやると、禄朗さんの煙草が置き忘れられていることに気付く。マールボロのメンソール6ミリと印刷された箱の中にはまだ紙巻が数本残っていて、殻入れと化したビール缶の一つが換気扇の下に置かれていた。

煙草を咥《くわ》え、ひもを引っ張ってプロペラを回転させた。火をつけて肺に煙を送ると、メンソールのツンとする香りが鼻を抜け、脳を揺らす感覚がする。殻入れを手元に引き寄せ、指先で軽く叩くと、燃え尽きた部分が小さな穴の中に吸い込まれていった。

一日あたりの本数は少なかったが、以前は愛煙家だった。高校生の頃から隠れて吸っていたし、火がついた煙草が消えるまでの時間は何とも言えない愛おしさがあった。寝る直前まで考え事をしてしまう自分には、それが必要不可欠に感じていた。けれどまさ美が臭いを嫌がったのもあって辞めた。電子式に切り替えるのも気乗りせず、小さな喫煙ブースに大勢の人間とパンパンに詰め込まれるのも疎ましくなっていて、調度頃合いなんじゃないかと思っていたときだった。

久々の煙草はそんな決意をなかったことにするほどに気持ちを溶かした。静かな時間を赦《ゆる》すように、優しく余白が流れるようだった。

ふと、父が眉間にしわを寄せて煙草を吸っているのを盗み見ている——そんな幼稚な発想が浮かんだ。どこかに隠れていて、この家で見つかるのを待っている。

空き缶のプルタブ部分に添わせて煙草を置き、父の部屋に向かった。台所から真っ直ぐ廊下を抜け、玄関の脇にある和室の襖をそっと開けると、じんわり畳の匂いが漂った。しかし当然ながらそこには誰も居ない。消灯した部屋を廊下の薄灯りで照らしてみたが、父が隠れているわけでもなかった。脚が高い頑丈そうなベッドは畳目に添って規則正しく配置されていたし、重厚なカーテンは外界との隔たりをがっちり遮断していた。モダンと言うには無理がある部屋に目を凝らせば凝らすほど、今まで慣れ親しんできたそれらとは違い、使用されることがなくなった家具には不思議な重みがあった。父の不在を在り在りと証明しているものが揃っている中で、差し込んだ蒼白い一筋の月明かりがシーツの白さを尚更際立たせているように思えた。

そういえば、僕が幼稚園生だったときのことだ。小学校高学年だった兄が、クラスの女子にホースで水を浴びせて、母が放課後学校に呼び出しを食らったことがあった。事情を聞かされた父は血管が浮き出るほどに怒り、兄を布団たたきで殴打し引きずりまわすと、もう帰ってくるなと家から追い出した。裸足のまま、兄がごめんなさいと絶叫しても聞く耳を持たず、父は自室に直行してテレビを点けた。壮絶な光景だった。ようやく兄の帰還が許されたのは深夜一時過ぎ。父が寝付いた後だった。

それからというもの、いつか自分も家を追い出されるのではとビクついて過ごした。姉は賢く立ちまわっていたが、同じ男兄弟である兄はしょっちゅう癇が強い父の逆鱗《げきりん》に触れ、声を荒げられていた。

だがその一方で浮気相手だった女性の前で、気難しいはずの父はいつも温厚だった。どこへ行くにしても僕の我儘《わがまま》を許し、家に居るときとは別人みたいによく笑っていた。だから彼女と居るときの父が好きだった。無邪気でいることができたし、父との時間を心から楽しんでいられた。ただ事情を理解するのには幼過ぎたのだろう。何故僕だけを浮気相手との逢瀬に連れて行くのか。そんなこと露ほども疑問に思わず、彼女と会える日を焦がれるように待ち望んでいた。その浅はかさが惨めだった。

それから彼女と出掛けることもなくなって三年ほど経ち、僕が小学生になったときに父の浮気は露見した。

部活帰りの姉が友人らと繁華街のファミレスに向かうと、見知らぬ女性と視線を絡め合う父を見つけた。喫茶店のテーブル上で愛おし気に手の甲を重ね合う姿に発狂し、姉は現場に突入すると大声で喚《わめ》き立て、すぐさま店側から警察に通報された。相手は、製本屋に度々注文をしてくれていたコミュニティ雑誌の営業部で働く女性だった。父より十五歳も若く、交際は七年間続いていたらしい。

急に辺りが冷え冷えと感じ、台所に引き返した。すると火をつけた煙草はすでに姿を変えていて、数分ほど離れていただけなのに燃え尽きて灰になろうとしていた。

そうだ。終わりは必ず訪れる——いずれ父も、このような姿になる日が来るのだろう。

ふいに、まさ美に返信していないことを思い浮かべた。

《准がご実家帰ってるときに、どこかで挨拶行ってもいいかな?》

あのときの声や表情が頭の中を巡り、僕は彼女と家族になることを具体的に想像してみた。

勿論、結婚を考えていないわけではない。適齢期だと思うし、ひとりの男としてステップアップするためにも、家庭を持ったり子育てを経験したほうが良い。彼女が子供を産む年齢も意識しなければならないし、若さゆえの勢いがある二十代を過ぎ、将来像を考える節目の時期だとも理解していた。けれど物事を判断していく上での順序立てに躊躇《ちゅうちょ》し、互いの親や無職である現状を思うと足が竦《すく》み、否が応にも迷うことばかりで難しさを感じていた。消えることのないわだかまりが、急いで次の段階に関係を進める必要はないと強く引き止めて阻んでいるようでもあった。

少なからず、僕は底の抜けた実家での暮らしの中で、薄情さを身につけてしまった。だから浮気を許すことができなかった母が荷物をまとめて出て行ったとき、チャンネルを変えることなくテレビを見続ける父を見て、どうすることもできないと思った。僕にはこの人の血が流れているのだから仕方ない、とも。

「准くん、煙草吸うんだ?」

新しい煙草に火をつけると、上下グレーのスウェットに着替えて二階から下りてきた隆司さんが話しかけてきた。

僕はつけたての煙草を揉み消すと、殻入れの空き缶に捨てて換気扇を止めた。

「いいのに、僕らに気を遣わず吸ってくれて」

隆司さんが笑った。目尻が下がる表情に穏やかな人柄が滲んだ。

「普段は吸わないんですけど、たまに吸いたくなって」

「ああ、そういう人もいるもんね」

冷蔵庫から餃子の残りを取り出しながら、隆司さんは何か飲むかと僕に訊ねた。それを断ると、隆司さんはまた笑って頷いた。そして自分が飲む麦茶をグラスに注いで、餃子を電子レンジにかけた。

遅れて姉が下りてきて、気遣った隆司さんが、「大丈夫?」と声をかけた。心なしか、瞼の辺りが火照って見える。もしや二階で泣き伏していたのかもしれない。しかし姉は平然としていて、電子レンジの中で低く唸って回転する餃子を見て声をあげた。

「え、残ってるの食べるの?」

「違うの?」

「違うよ。ちゃんとあるよ、新しいの。焼けば」

少し困った顔をして、隆司さんは「あー」と短く続けた。そして宙を見上げると、濃《こま》やかに労《いた》わるような声で言った。

「いいよ。残ってるので」

「でも焼いた方が美味しいのに」

「じゃあ、足りなかったら焼いてよ」

空気を読まないチーンという音が夫婦のやり取りを遮ると、隆司さんは餃子を取り出した。姉は理解しかねるといった具合に息をつき、冷蔵庫からしめじとピーマンを炒めたものやほうれん草のお浸しを出して、食器棚から茶碗を取り出し炊飯器のご飯をよそった。それに隆司さんは「ありがとう」と応えて席についた。

「准くんはもう食べたの？」

「はい」僕は頷いて答えた。「さっき先に頂きました」

「そうだよね。俺に合わせてたら遅くなっちゃうしね」

そう言って、隆司さんが笑って肩をすくめた。

隆司さんは家族にとって貴重な存在だった。会うといつも愛想が良く、考えてみれば怒鳴ったり取り乱しているのを見たことがなかった。何を頼んでも断わられたためしがなく、何に触れてどのように人生を咀嚼してきたら、こんな人格者になれるのだろう。そんなことを考えさせるような人だった。

しばらく隆司さんが皿のラップを剝がす作業に取り掛かっているのを眺めていると、再び冷蔵庫を開けた姉が「ねえ」と僕に呼び掛けた。

「ビールないけど、何で？」

いや、と少し口ごもって答える。

「さっきあの二人が飲んでたけど」

姉が快く思わないのは察しがついていた。

予想通り、姉は一瞬驚いた表情を見せ、みるみるうちに苛立ちへと変化させると強い口調で訴えた。

「あのさあ、私あの人たちのために買い物行ってるわけじゃないからね」

「わかるけど俺に言わないでよ。俺もやめとけって、兄貴には言ったんだから」

「そうだけど、うちがお金出して買ってきてるのに嫌じゃない。あの人たちだけの家じゃないんだから、もう少し気を遣ってもいいと思わない？」

黙るよりなかった。見かねた隆司さんが箸を止め、一緒に住んでるんだからいいじゃないと説得を試みたが、何を言っても無駄で姉の怒りは収まらなかった。

だから兄貴に忠告したのに、と恨むのと殆《ほとん》ど同時に兄が帰宅した。そのまま階段を上がる足音が聞こえ、まずいと僕が反応するよりも先に、姉が廊下に向かい声を張り上げていた。

「お兄ちゃん、いい加減にしてよ」

姉の癇癪に、階段上の兄が振り返った。

「何が」

「何で勝手にビール飲んじゃうの」

「だってあったから」

「でもそれは、お兄ちゃんのものじゃないでしょ。うちらが買ってきたものだよね？」

「それは悪りぃ」

「悪りぃとかじゃなくてさ、何でって聞いてるの、私は」

「もういいじゃない」

隆司さんが仲裁したが、姉は全身から激しい感情を放っていた。肩を震わせ、怒りとも憎しみともとれる眼力の強さが、限界をとっくに越していたことを告げていた。

「うちらがお金出してわざわざ買いに行ってるものなんだから、勝手に飲んだなら飲んだで最低でも一言声かけるべきじゃない？」

「だから俺はそれを悪いなって言ってるんだけど」

「そんなの口だけじゃない。同じ家に住んでるんだし仕方ないとこもあるよ。でもおかしいじゃない」

「はあ？」

鬱陶しそうに見下す兄の声が、より低く重くなった。しかし姉は気圧《けお》されることなく、じっと兄を睨み返している。

「私、毎日この家でご飯作ったりなんだりしてるんだよ。掃除とか洗濯とか。こっち帰って来てからずっと」

「お前さあ、なんなの。何が言いてえの？」

「だからそういうの何とも思わないのって」

「じゃあ何？　俺はいちいち許可取らないとこの家で暮らせないわけ？」

「そんなこと言ってないじゃん。ただ、迷惑だって言ってんの。私は」

「そんなのお互いさまじゃねえの？」

「ふざけないでよ、お互いさまじゃないよ！」と姉が咆《ほ》えた。「全部私がやってるじゃない。お父さんのことも家のことも。親戚に電話かけたり、お父さんの前の職場に連絡して思い当たるところ探してもらったり。ねえ、どうすんの？　もうすぐ一週間経っちゃうんだよ。お兄ちゃん、警察には俺が行くって言ったよね。なのにそれから何もしてないじゃない！」

「そんなん、今更警察なんか行っても、どんだけ探してくれるかもわかんねえだろ。俺らがどうこうできる問題でもねえんだよ」

「ねえ長男でしょ。自分の父親だよ？」

「しょうがねえだろ、いなくなっちまったもんはいなくなっちまったんだから！」

逆上した兄が言い捨てた。

このやりとりは外にも漏れているのだろうか、と隣家の方角に意識を向ける。苦情など来たら洒落《しゃれ》にならない。けれど僕は、もうやめようと言い争いを止めることも、どちらかに加勢することもできなかった。かろうじて口を挟めたとしても一蹴されるのが目に見えていた。

「しっかりしてよ。何すっとぼけたこと言ってんの。ただの家出人じゃないんだよ。お父さんもうちょっとおかしいんだよ」

「おかしくったって意志ぐらいあんだろ。もし親父が自分の意志でこの家出ていってるんだとしたら、お前どうすんだよ？」

「意味わかんないよ。何言ってるの？」

「だから死に場所探して出てったのかもしんねえだろ。俺らのこと最期ぐらい忘れたかったのかもしんねえし、あの女に会いに行った可能性だってあるんだから」

鈍く、心臓が鳴った。あの女——父の浮気相手のことを、兄が持ち出すとは思わなかった。

それは姉も同じだったのか、一瞬戸惑ったように絶句した。

「ありえないよ！　何でここであの女が出てくるの？」

「しょうがねえだろ。俺らがガキんときからずっと続いてた女なんだからよ」

「馬鹿なんじゃないの。お父さんに何かあってからじゃ遅いんだよ。本当に死んじゃってたらどうすんの！」

姉が凄んだ。涙が噴き出すのを耐えているのか、奥歯を食いしばり身を固くしている。

何だよ。無意識に厭わしさが洩れた。本来父が負うべき責任を、全部僕らに擦《なす》り付けられた気がした。おそらく父はこの場に居合わせても、むっつりと黙っているだけだろう。何も言わず、じっとテレビ画面から目を離さないで、僕たちの居心地を余計に悪くさせるはずなのだ。

答えが出ず、気詰まりな状況に堪りかねた姉がしゃくり上げて泣き出すと、兄は後味が悪そうに舌打ちをして自室に戻っていった。

頭が痛かった。こめかみの辺りがじんじんとして、得体の知れない怪物に握り潰されるみたいだった。すると隆司さんが食卓の椅子に姉を座らせて、肩を柔らかく撫でながら言った。

「隼人くんだってずっと同じ家に暮らしてるんだから。お義父さんのこと、何とも思ってないわけないじゃない」

僕は相変わらず黙っていた。そして親指を人差し指で強く掻き、誤魔化すようにこぼした。面倒臭い、と。

第二章　姉

歳をとって自覚したのは、私は非常に執念深い性格ということだ。

例えば学生時代に苦手だった女友達の名前を挙げろと言われたら、答えられる自信があるし、過去に付き合っていた男達の身体的な特徴も、性格的な難点も驚くほど鮮明に記憶していた。しかしそんなことは誰かに自慢できるようなものではなく、傲慢な自己満足に他ならないということもわかっている。

だから母が家を出て以降、できる限り自分自身を律する心構えをした。頑なに家庭には戻らないと主張する母に対して、親にもそれぞれの人生があるのだと慮《おもんぱか》ってきたつもりだった。

でも今回ばかりは事情が違う。病気の父が忽然と姿を消したのだ。

前日までは体調も普段通り良さそうで、朝食のトーストをぺろりと二枚も平らげ、幅広いジャンルの話題や時事ネタを扱う情報番組をいつも通り寡黙に凝視していた。書き置きがあったとか、預金通帳がなくなったとか、そういった痕跡は一切ない。わかっているのはフリース素材の前開きパジャマの上に、渋い赤色のブルゾンを羽織っていたことだけ。父の手帳や携帯電話の伝言やメール、駐車場に停められた車のダッシュボードまで調べてみたが、家出を匂わせる痕跡はまったく見つからず、お金を幾ら持って出たのかすらもわからない。平静を失って近所を捜しまわるも手がかりは何も得られず、だからと言って点けたままのテレビを切ることもできなかった。誰も居ない家で、夕飯の買い出しに出掛けた隆司の帰りを待ちながら、去られた側の無力さを痛感した。

現在父が自立した生活をおくっているとは到底思えない。きっと無事だと信じよう、そう自分を励ましながら警察や施設などに保護されていることを祈った。そしてこれは考えたくもないが、行方不明者届を出していない場合、行旅死亡人として処理され、対面することができたとしても茶毘《だび》に付され遺骨になった後になるだろう。それすら難しいかもしれない。ましてや、あの女に会いに行って失踪したなんて――想像したくもなかった。

待ち合わせ時間ぴったりに現れた母が向かいの席に腰掛けると、そっと身構えた。

「もうあなたは何か頼んだの？」

首を横に振った。すると母は余計な前置きを挟むこともなく、早々に店員を呼びつけてドリンクバーをオーダーし、二人分の珈琲を注いで戻ってきた。マフラー代わりに巻き付けられた春色のスカーフが、まだ身体の芯まで冷え込む日が続くというのに、その気忙《きぜわ》しさを物語っている。

母に会うのは珍しいことではない。母が欲しがっていたものが近所で安売りされているのを見かければ連絡を取り合うし、花見や花火大会に誘って夫と三人で遠出をすることもある。独りで生活する母を気遣い、良好な関係を築いてきたつもりだ。それでも、父を快く思っていない相手に面と向かって話をするのは、気疎く尻込みするものがあった。

「まったく、ほんとは嫌なのよ。お父さんのことでこんなわざわざ」

「ごめん。でも誰に相談したら良いかわからないから」

「いるでしょ。浜松の叔父さんとか、お父さんの兄弟が」

「そんなのとっくに連絡したよ」

他の兄弟とも浜松の叔父には大変世話になっていた。父の弟にあたる叔父は、我が家にお土産を持参してよく遊びに訪れていた。快活で優しく、妻も子供もなく独り暮らしだったこともあって、私たち兄弟を分け隔てなく、とても可愛がってくれていた。私が結婚を報告した際には、披露宴でのスピーチを我先にと申し出てくれたぐらいだった。それに父が製本屋を始めるときも、無理をしてまでしがらみにとらわれなくても良いのではないかと気遣い、何かと助力してくれていた。だが、今回の件ばかりは、叔父の真っ当な意見も参考にできそうになかった。

忽然と姿を消した人間の捜索を素人が行うのはとても難しい。警察に行くのが一般的で、特異行方不明者として積極的に捜索に踏み切ってもらうべき事態である。自救能力がないことにより、生命や身体に危険が生じる可能性は極めて高く、そのまま行方がわからず何十年も経ってから遺体として発見される人もいる。人的にも限りがあり、警察犬の導入等があったとしても必ずしもすぐに見つかるとは限らないが、諦めるのは早い。

至極健全な考え方だと思う。でもそんなことは私も当然理解しているし、諦めてなんかいなかった。その先の話がしたかった。常識や段取りが訊きたいのではなく、現状を受け止め、家族間での主張が割れている状況を打破するための実用的な考え方を欲していた。

午前中のファミレスには、朝食メニューを口に運び、ゆったりと過ごす客がちらほらいるだけで閑散としていた。三つ隣に座る年老いた男性客は、腹の上で両手を組み、食後の睡眠を嗜んでいる。その安らかな表情が羨ましく思うと同時に、失踪人について話すならもう少し相応な場所に行けば良かったと後悔した。

「いいじゃない。警察に届ければ」

「だから言ったじゃん。お兄ちゃんのせいで何もできないんだって」

「わかるけど、それを私に話してどうするのよ」

「だっておかしいでしょ。あの人、自分の父親のことなのに、少しも動こうとしないんだよ？」

「そんなの私がとやかく言うことじゃないわよ。あなたたちの問題なんだから」

目前に座る女が憎たらしく思えた。歯に衣着せぬ物言いの母に、私は今まで何度も苛々してきた。我慢もしてきた。同じ女性として、浮気をされた心中は想像もできないほど壮絶なものだっただろうと思う。だけど母親が家族の問題を子供に丸投げするのは違う。ましてや未成年だった私たちのために戸籍上では未だ夫婦のままというのなら、少しはこの非常事態に寄り添って然るべきではないのか。

「言ってたことと違くない？」

「何も違くないわよ」

「だって私たちのために離婚しなかったんでしょ」

「そうだけど、もう三人ともいい大人なんだから。私はあの家を出て、お父さんの人生には関係ない人間になったんだし。なにも、私が介入することないじゃない」

だとしたら籍を抜けばいいのに。准だってすでに三十歳近いというのに、上辺の戸籍だけで夫婦関係を続けている方が不自然ではないか。それに離婚しない理由を、あなたたちがいるからと繰り返し聞かせられて育ってきたのが、まるで馬鹿みたいだ。

「だからって無責任でしょ。万が一の場合だってあるんだよ。お父さんが帰ってくるのが一番だとは思うけど、遺産相続とか家の名義とか、そういうものだって考えなくちゃいけないかもしれない」

「それはあなたたちの好きになさいよ。家を潰して土地を三等分するなり売るなり、いろいろあるじゃない。製本屋の不動産だってまだ生きてるんだから」

「簡単に言うけど、名義変更だって大変なんだよ。それにお母さんがひとりで暮らしていく経済的な支援をしてたのはお父さんじゃない。毎月私が代わりに少しずつ送金してさ。あれだってお父さん居なくなったらどうなるかわかんないよ？」

「もういいじゃない。お父さんのお金もあてになんてしてないわよ。遺産なんてほとんど残ってないんだし、人並みに暮らしていける程度の貯金は持って家を出たんだから掃除婦でも何でも、働こうと思えばどうにかなるわよ」

「お母さん、あのね。今はそれでいいかもしれないけど現実的なことも考えてよ。一応、もういい歳なんだよ」

「考えてるわよ。だから慰謝料だって貰えたのに、あなたたちのために離婚しないで放棄したんじゃない。そもそも財産なんて、あなたたちのために働いて残してきたお金なんだから。家のこともお父さんのことも、あなたが一番よくわかってるでしょう」

「そういうことじゃないよ」

何を言ってるんだろうか、この人は。胃の辺りが蠢《うごめ》いて、哀しみがぐつぐつ込み上げてくるようだった。私たちがどんな惨めな想いで、その善意であると信じ込んだ悪意に翻弄されてきたのか、母はまったく理解していない。押しつけがましい大義名分を掲げ、結局のところ子供を栖に自分の不安定な気持ちを守ってきただけじゃないか。

気が立った私を見て、母は声の調子を改めて続けた。

「あなたはまだ若いから理解できないかもしれないけど、私にはもうあの人のために愛情を尽くす体力も気力も残ってないの。可哀想だとは思うけれど、今まで散々裏切られてきて、これからの人生まで搾取されたくないのよ」

「夫だった人にそんな言い草になっちゃうんだ」

「悪いとは思うけれど、それをあの人が選んだのよ。だったら私はもう関係ないじゃない」

そうやって母が黙ると、私も口をつぐんだ。

さっきまで閑散としていた店内には客の姿が増えていて、店員がメニューをランチ用のものに切り替えていた。居眠りをしていた男性客はいつの間にか消えていて、綺麗にテーブルが片付いている。

ほんと、みんな気楽だな。

この光景がひどく恨めしかった。おそらく今日のことは本人の心構えとは裏腹に、自覚している性格通り執念深く記憶することになるのだろう。

それから私たちはBLTサンドと明太子のクリームパスタを追加オーダーし、二杯目の珈琲と一緒に黙々と食べて、早めの昼食客に席を譲った。普段であればまだ時間もあるし、路面店を回ったり、デザートを食べに喫茶店に入ろうなどと声をかけるところだが、ここから先の時間を母と過ごす気にはなれなかった。

駅まで母を送り届け、また連絡するとだけ伝えると、点滅する信号を睨んで車を走らせた。近くにあったパチンコ店の裏に停車し、おぼつかない手つきでシートベルトを緩めると、キルト素材のトートバッグを助手席に投げてハンドルに身を傾けた。するとあまりの所在なさに嗚咽が漏れた。

どうやっても子供が両親の不仲を取り成すことなんてできない。いい大人になってもそれは変わることがなく、いくら説得しようが言いまわしや言葉遣いが丁寧に変わるだけで、母には通用しないのだ。その情けなさに脱力した。何て無力なのだろうと自分を責め立て愕然とし、猛烈に誰かから慰められたいと願った。歳を重ねて自立し、思慮分別をわきまえられるようになっても、他者承認がなければ崩れ落ちそうになる。人格を形成する上で親からの影響力は甚大だ。常に愛情が与えられないと、鬱憤や憎しみを解き放つことができず、まるで海底に引きずり込まれるみたいに自分の存在価値を見失ってしまう。この繰り返しから逃れることが許されないならば、もうどうしたらいいと言うのだろうか。

無理やり呼吸を落ち着かせると、エンジンをかけて発車させた。悲しいほどお天気とは誰の言葉だったか。晴天の青々しい光景が逆に尻の座りを悪くさせ、フロントガラスのサンバイザーを下げた。目を細めて前方を見据えながらハンドルを切ると、何故私ばかりという気持ちがふつふつ湧き上がってきて、アクセルを踏み込む足に力がこもった。

父が失踪してから、ずっと緊迫した重苦しさがあった。些細なことで苛立ってしまい、夕食の買い出しに向かったスーパーで若いアルバイトの杓子定規な態度に怒鳴り散らし、夫を駅まで迎えに行く道中、割り込んできた車にけたたましくクラクションを鳴らしたりもした。このままではおかしくなる。行方不明者届に関しても、兄と意見が食い違うことに発狂しそうな自分がいて、恐ろしく感じていた。

長男には長男としての考えがあるのだから尊重すべきだと夫に言われたが、あの人にまともな判断なんてできるわけがない。子供に政治家が務まらないのと同じで、実際すべてにおいて後手後手になっているじゃないか。いい歳をしてみっともない生活をおくる兄に何ができると言うのだ。

兄がどうしてこうも厭わしいのか。それを考えていると、中学生の頃から始まっていた不信感にも似た感情が頭をもたげてきた。

二歳上の兄は中学でも有名人だった。体育祭にしろ文化祭にしろ、大柄な体格を生かして目立つことは率先してやっていたし、派手なグループに属し、舎弟ともいえる後輩を大勢引き連れて学校中を闊歩《かっぽ》していた。

そのため入学してからの一年間は「隼人くんの妹なんでしょ？」と、定型文でもあるかのように声を掛けられた。不特定多数の誰かもわからない先輩に顔と名前を覚えられ、場所時間を問わず見張られている。おまけにその状況を快く思わない同級生に、陰口を叩かれたり無視されたりすることが次第に恐怖となり、学校へ行くのが億劫になっていった。

なのに兄は無頓着だった。私が学校での居心地の悪さを両親に理解されず、先輩や同級生の態度に狼狽《うろた》えていても、庇《かば》ってくれるどころか唇の端に嘲笑を浮かべて眺めていた。放課後のグラウンドで肩を落としながら歩く私を、校舎の一番上にある教室から見下ろして「うちの妹ヤバいから」と侮蔑をこめた嗤いを周囲と爆発させていたのは、今でもはっきり覚えている。

以来、兄が視界に入るたびに下を向くようになった。目も合わせたくないし、同じ屋根の下に居ると考えただけでも気分が悪い。ときに乱暴な感情が湧き起こり、殺意すら生じるほどだ。三十六歳を迎えても無計画に食って飲んでを繰り返し、兄は目標もなく葛藤もせずに生きている。家に生活費も入れず、やりたいことしかやらない自堕落なデカブツのままで、何でこんな人間がのうのうと生きているのだろうと疑問すら感じる。だから過去に何も残せず、未来も見えぬまま現在に至るのじゃないか。そんなの——人間として終わったも同然だ。

帰宅して、熱を鎮めようと布団に入った。邪魔臭い気持ちを切り替えるために、ほんの少し横になったつもりが目を覚ますと日は傾きはじめていて、うっかり寝入ってしまったことに後ろめたさを覚えた。いちいち滅入るわけにもいかない。息を整えて水を飲もうと台所の暖簾をくぐった。すると誰も居ないはずの家で、禄朗が冷蔵庫を漁っていた。はっとして息を呑んで動きを止めると視線が重なり、自然と身体がこわばるのがわかった。

「ねえ、何やってんの?」

「何か食うもんない?」

ぬけぬけと禄朗が言った。この男が勝手に家に上がり込んでいるのは珍しいことではない。いい加減な兄が鍵を渡しているのだろう。頻繁に出入りするのが腹立たしい。

気持ちを逆撫でられ、反射的に不機嫌な声が出た。

「買ってくればいいんじゃない。近くにコンビニあるんだから」

「だって面倒じゃん」

「だからって人んちの冷蔵庫勝手に開けるのやめてくれる?」

「俺の趣味だから。冷蔵庫の開け閉め」

と言って、禄朗は意味もなく冷蔵庫を開けたり閉めたりを繰り返した。

その面白いことをしていると言わんばかりの態度に呆れかえり、相槌を打つのも煩わしくなって、冷蔵庫を強引に閉めた。

「自分ちでやってよ」

「機嫌悪う。誰かと喧嘩した?」

「関係ないでしょ」と、禄朗を睨んだ。

「えー」

大袈裟に首を傾《かし》げて、禄朗は必要以上にふざけた口調で言ってのける。その仕草に軽んじられているのがわかり、全身から激しい怒りが噴き出しそうになった。まるで拷問だ。腹の底からむかつき、憤りに似た感情が突き上げてきた。

「別に」

この男と居ると碌《ろく》なことがない。そう思って立ち去ろうとした矢先に、腕を摑まれた。

「ちょっと」

強く、乱暴に、禄朗が私を引き寄せる。

「ちゅうしよ」

「馬鹿なんじゃないの」

「いま、旦那いないじゃん」

「そういうことじゃないから」

腕を引き剝がそうとしたが、男に腕力で勝てるわけがない。無駄な抵抗に悪戦苦闘していると、禄朗の口元が嘲るように動いた。

「好きじゃん。自分、ちゅうすんの」

途端に、軀の芯が熱を持つのがわかった。恥辱が躰《からだ》の隅々まで巡り、頭の奥で罪悪感が警笛を鳴らす。それを察してか、禄朗はわざと強気に唇を押し当てた。有無を言わさず動く肉厚な舌が、水分を欲して乾燥した唇を舐め上げた。

ああ、まずい。拒みきれないかもしれない。ざらついた淫欲と煙草の味で腔内が犯され、膝が萎えて崩れ落ちそうになるのを必死に堪えた。

「俺と、したい?」

禄朗の息がかかった。髪の中をまさぐり、耳朶《みみたぶ》に触れられると頬が火照って、抵抗する躰が慄《おのの》く。いけないと解っているのに、なし崩し的に頷いてしまいそうになるのは何故だろうか。

何度か禄朗とは寝た。夫婦の営みを、夫が言い訳がましく父との同居のせいにして避けはじめたのが寂しくて、凶暴な衝動の赴くまま、家に誰もいない隙を見計らって躰を重ねた。夫との結婚記念日に一回、認知症の父について兄と揉めた直後に二回と、深い自己嫌悪に陥るとわかっていても顧みず、自傷にも似た行為に耽った。夫が性的に劣っていたわけではない。しかし私は誰かと激しく抱き合い、子供みたいに甘やかされることを欲していた。

押しの強い舌に抵抗できずに何度も何度も深い口づけを交わした。スカートをたくし上げる指先が太腿を登っていき、ストッキング越しに肌を撫でる。

その瞬間、失いかけていた理性を奮い起こして、禄朗の躰を振り払った。気持ちが騒ぎ立つのを抑え、軽く唇を嚙んで睨みつけた。

「もう、お兄ちゃんいないときに来るのやめてくれない？」

「別に良いじゃん」

「良くない」

「何で。ひとりで何でもかんでもやらされて寂しいんじゃなかったっけ？」

禄朗が居直って唇を歪ませて嘲笑《あざわら》った。それに脅迫じみたものを感じ、語気を強めた。

「こないだのもわざとでしょ？」

「何が？」

「夫がいる時間帯に家にいたでしょ。しらじらしくさあ」

「違うよ。あれはたまたまだって」

息苦しく感じた。頼むから解放してくれ、と焦れてあがくように訴えた。

「もうなかったことにしようよ」

「何で。なかったことにしたいの？」

「だってこういうのって、何か——」さかりのついた動物みたいで汚らわしい。そう言おうとして躊躇した。「良くないから」

すると私がひどく粗末な冗談でも言ったみたいに、禄朗は噴きだした。

「あのさあ、その後ろめたさってどこから来てんの？」

「は？」

威嚇と変わらない声が出た。

「ちょっと何言ってるかわからないんだけど」

「だから、良くないっていうのは旦那に対してのやつ？　それともこんなに軽々しくセックスしちゃうなんて、っていう女としての後悔？」

頭がぐらぐらした。たまらずに目を逸らすと、禄朗が皮肉めいた笑みを浮かべた。

「考えなきゃいいのに。家族のこと、そんなに背負う必要ある？」

その言い草が、鋭いナイフで胃袋の底をえぐるようだった。悲しいとも情けないともつかない感情でぶるぶると震え、口も利けないほど心が痛くて泣きそうになった。

でもそうだ。随分前に——違う男にも同じことを言われた。

中学二年の秋、私は受験に備えて吹奏楽部を引退した。楽譜が読めないながらも友達に誘われて決めた入部で、顧問の教師からは一方的にクラリネットを割り当てられた。

譜面台の片付けもマウスピースの当て方もわからずに、手探りのまま在籍し、必死に練習して合奏をリードできるようになった直後のことだった。最後となった地区コンクールの舞台に下りてくる緞帳《どんちょう》を見つめながら、こんなに覇気溢れた演奏をすることが学生でもあり得るのだと噛みしめ、そのときばかりは父の淪落《りんらく》した姿を考えないように努めていた。

自分が目撃したことをきっかけに両親の関係が破綻した。母は何を言うにしても遠回しに父を攻撃するようになったし、父は度々食卓をひっくり返すようになった。二人は上手くやっている。その幻想が一変して、部活動がなくなり家に居るのが苦痛だった。そのため授業が終わると塾に直行するか、図書館の自習室に入り浸った。家族から逃げ隠れできる場所なら良いと、誘われればどこへでも行った。

だから棚の入れ替えで図書館が休館になった日、同じ吹奏楽部を引退した男子生徒に勉強会をしようと誘われても、何の危惧も抱かなかった。家に着くとご両親は出掛けていて、参考書を拡げた小さな空間に、おのずと男女の色香が漂うのを感じた。性への興味から鼻息が荒くなった彼が、私の躰に両腕をきつくまわし、烈しい熱を有して覆い被さってくると軀が萎縮した。でも避難場所が確保できるならと抗わなかった。彼のぎこちない愛撫に身を任せ、思春期特有のやや横柄な滾《たぎ》りを受け入れた。現実の遣る瀬無さも煩わしさも、すべて吸い上げて掻き出してくれるならどうでも良い。そう思った途端に、自分の感情いっこいっこが解きほぐされ、悲しみが怒濤の勢いで押し寄せてきた。躰を横にねじり両手で顔を覆うと、まるで幼子みたいに声をあげて泣いた。自分が悪いのかと戸惑った彼は必死に慰めてくれたが、泣いた理由が分かった次の瞬間、眉をひそめ、中断された苛立ちを露わにして言ったのだ。

「そんなに家族のことを背負ってどうすんの」

その身勝手さが息苦しく、また泣けた。

「あのさ、俺の彼女が心配だからこっちに顔出したいって言ってるんだけど。今夜連れてきても良いかな?」

そう、准が訊いた。

私の抵抗に諦めて、禄朗が帰った直後のことだった。「したくなったらいつでも言って」と後腐れもなく、実にあっさりとした態度だった。

駅近くの本屋まで欲しい書籍を捜しに出掛けていた准は帰宅すると、真っ直ぐに台所にやって来た。私は呼吸をゆっくり深く吐き、禄朗がいた気配を勘付かれないように努めた。髪を撫で、服の裾を正し、冷蔵庫を眺めながら夕飯の献立を考えるふりをした。

しかし准は端からそんなこと気にもかけておらず、私の顔色を窺いながら話しはじめたのだった。

「随分と急ね」

そう言って、解凍しようと豚バラ肉を取り出した。准と腰を落ち着かせて話す心持ちになんてなれそうになかった。母や禄朗のことがあってほとほと参っていたし、かと言ってこれから買い物に出る気にもなれなかった。

「前から言われてて。ずっと相談しようかどうか迷ってたんだけど」

「だとしても急じゃない。いきなり言われても困るよ、こっちは」

「ごめん」と、准が眼鏡の奥で瞬きを繰り返した。「そう言われるのはわかってたけど、彼女が来るのも悪くないかなと思えてきて」

何を言っているのだろうか。父親が失踪中に彼女を連れ込もうと考える弟の不躾さにも、こんなときに実家訪問を希望する彼女の無遠慮さにも驚く。

「何で?」

「いや、こんなときだし、家に他人がいる方が気が紛れるかなと思って」

「でも家に泊めるつもりなんでしょ?」

「まあ、そうなるけど」

「お父さん居ないのに。何のために?」

「だから心配だからって」

もう何も考えたくない、勝手にしてくれ、いまあなたの我が儘に付き合う余裕なんて、どこにもないのだから。などと言うのを踏みとどまって、ただ黙って了承した。何もお構いできないけど、そう付け加えることしかできなかった。

彼女を迎えに行くと言い残して准が家を出ると、陽が暮れていくのに任せて食卓に突っ伏した。

暗闇に支配された家は水を打ったみたいに静かだった。身体だけが宙に浮いて、感情は重く沈んでいる。当然誰の気配もなくがらんとしていて寂しい。それでも蛍光灯の下で虚無感がちりちりと照らされるよりは幾分かましだと思った。

ちょっと前までは和室からテレビの音が洩れ聞こえてきたのに。そんな感傷が浮かび、認知症を患う父の介護という難しさを一手に引き受けていた時間されもが愛おしく、また束の間に感じられた。

父は気掛かりなことがあると納得いくまで同じ行動を繰り返す程度だったものが、発病後からは対応に困る言動が目立つようになっていた。とくに物を盗られてしまう妄想がひどく、増えても減ってもいない預金通帳の数字を異常に気にするようになり、数分おきに騒ぎ立てた。怒鳴ったり暴れたり、ときには物を投げたりする度に病気がそうさせているのだと理解しつつも、段々と手に負えなくなっていく父が恐ろしかった。

自分の状態を父に受け入れさせることは不可能だろうと思い、一度地域にある認知症支援センターにも相談してみた。しかし本人に会ってみないと手の施しようがないと言われ、先の見えない状況に呆然とした。これでは介護保険の要認定を得るどころか通院もできず、訪問介護をお願いすることも難しい。強引な方法をとって父を診察に連れ出すのは困難だと思えた。

いい加減な態度でこちらの話に聞く耳を持たず、すぐに逆ギレを起こす兄には介護を任せられるはずがなかった。ならば私と准で交互に東京から往復して面倒を見るしかないが、物理的な距離や体力、日々の生活を鑑みると到底無理があるし、現実的な准に言わせれば不可能なことだろう。だとしたら、自分が犠牲になるしかなかった。

だけど私は、父が男を捨てられずにいた事実を未だ許せずにいた。

あのとき浮気現場へと突入した私に、父は惨《むご》たらしいほどの破壊衝動を生じさせた。そして一方的に咆えるのを止めることも、浮気相手と席を立つこともなく、ただ遠くにいる相手に躙《にじ》り寄るのを諦めた口調で、「大人になればわかる」と継いだのだ。

「申しわけないとは思ってるんだよ。お前ら子供たちには。お母さんにだって、ちゃんと感謝もしてる。でも親である前に、お父さんも、ひとりの人間で感情があるから」

父は哀れむような表情をしていた。

敢えて願うなら、声をあげて泣いて欲しかった。裏切られたという居た堪れなさに支配されていた私は、顔をびしょびしょに濡らし、後悔に溺れる父の姿を望んでいた。それだけで私たち家族は幾らか救われるはずだったのに、親としての情愛を放棄した言動にも、居直った態度にも、自らの過ちを嘆く様子が滲むことはなかった。だから父の認知症が発覚したとき、戸惑わずにはいられなかった。どうしてこうも家族の問題に振り回されなくてはならないのかと、頭を抱えずにはいられなかった。こちらが迷路に入ってしまった感覚に陥った。

苦しまぎれに、当時付き合っていた隆司に事の顚末を打ち明けた。家族のこと認知症のこと、そして父への嫌悪感を年齢不相応にくすぶらせていること。すると隆司は役職があったにもかかわらず退職願を出し、実家近くの食品メーカーに転職すると言ってくれた。それがとても頼もしく、彼との巡り合わせに感謝したほどだった。

出逢った頃は、小さな文具メーカーで一般事務をこなす私と比べて、ベンチャーのIT企業でバリバリ営業職に就き、細身の身体で、いつも黙って何かを考えている九歳差の隆司が遠い存在に思えた。しかし軽口や駄洒落を言う剽軽《ひょうきん》さも併せ持ち、知識が豊富で一緒に居るとどんな話題でも愉しく会話が弾んだ。そんな知的好奇心の高さを褒めると、隆司は興味の広さは父親譲りだと頰を緩め、照れ臭そうに謙遜してみせた。

二歳のときに、隆司は父親をくも膜下出血で亡くしていた。仕事中に突然倒れ意識不明となり、そのまま還らぬ人になったらしい。そのため整理していたら出てきたという、七五三の写真には父親の姿はなく、母親の隣で微笑《ほほえ》みを湛える少年が真っ直ぐにカメラを見つめていた。それがどこか寂しげだったのを覚えている。

隆司は家族に対して情の厚い人だった。いわゆる世間一般の婿とは比べようがないほど、実親のように父を慈しみ、認知症になったとしても尊敬する人には変わりないと、優しく労って大事にしてくれた。だから彼のすべてを愛そうと思った。出逢う以前の過去も受け入れて、彼が味わったであろう辛い時間すらも共有し、隣にきちんと寄り添って家族を築き直していこうと誓っていた。なのに夫以外の男との交わりに浸り、罅《ひび》を入れて壊そうとしたのは私だ。毎度感じる鈍い痛みを無視して、夫婦の気持ちは繋がっていると過信してきた。

浅はかさが後悔となって体中を駆け巡り、これは裏切り行為だと私を非難した。あの頃、父を呵責《かしやく》した私のように——。

「どうしたの？」

現実感のある灯りが台所に拡がり、スーツ姿の隆司が顔を覗かせていた。迎えに行くのを、すっかり忘れていたことを思い出した。

「あ」

「メッセージ既読にならなかったからバスで帰った方が早いかと思って」

「ごめん」

息を吐くと椅子から立ち上がって冷蔵庫に向かった。シンクの上では、豚バラ肉が赤いドリップを流出させて、元の肉塊へと姿を戻そうとしている。

「ああ見えてモテそうだもんね、准くん」

「みんないないんだ？」

「准は彼女が来るから迎えに行ってる。ご飯もいらないって」

「へえ、彼女」と隆司が感嘆の声をあげた。

「そう？」

「優しいしさ。それに人気あるじゃない。ああいう顔した芸能人って」

柔らかい口調で、隆司が続けた。

それを背中で受けながら手際良く調理に取り掛かった。作り置いていたキャベツの甘酢や小松菜の胡麻和えを先に出して、小分けにしていた野菜と豚バラ肉を炒めた。フライパンの上では、豚バラ肉の脂がパチパチとはじいて音を鳴らした。

「どうかな。あの子、ちょっと優柔不断なとこあるから」

「でも、女性って母性本能があるから。構わないいんじゃないかな。少しぐらい煮え切らなくても」

時おり、短い返事や相槌を差し挟みながら耳を傾けた。

上着を脱いで仕事鞄を椅子に置くと隆司が食卓に座った。普段ならば、先に二階に上がって部屋着に着替えてくるのを敢えて行かないのは、こちらを心配しているからだろう。

隆司はいつも無条件にこちらを気遣ってくれるところがあった。無理はさせないし、突き放しもしない。ただただ黙って、こんなふうに打ち明けられるのを待っている。

「それに末っ子は甘え上手だって言うし、気にすることじゃないよ」

「だろうね。うちらより随分と可愛がられてたから、あの子だけ」

「そうなんだ」

「いつもお父さんと一緒にいたよ。どこに行くにしても、必ず連れてかれてた」

「男親だからね。その感覚わかる気がしないでもないな」

「そう」と言って付け加えた。「だから羨ましかったよ」

口を衝いて啞然とした。驚きで心臓が高鳴り、肺に釘を打たれたみたいだった。

私はずっと准に嫉妬してきた。父にとっての一番は弟で、私たちはその次だということが堪らなく悔しかった。二番目でもいいから愛して欲しいと妥協し、兄を打ち負かしたいと対抗心を燃やしていたのだ。

言葉になってはじめて、父への嫌悪は嫉妬によるもので、自分の感情をすっかり拗《こじ》らせてきた原因が明らかになった気がした。

「兄弟の中でも准くんが一番お父さんに似てるしね」

疑う余地がない、といった具合に隆司が笑った。

サアッと身のまわりのものが遠ざかるように頼りなく、たちまち寂しさでいっぱいになった。できるだけ平静を装いたかったが、それ以上言葉を継ぐことができずに黙った。

不穏な沈黙が生まれ、重苦しいほどに部屋が静まり返ると、隆司がまた気遣うような顔をして言った。

「どうした?」

痛いところを触った。そんな表情にゆっくり振り返ると、私は声を震わせた。

「ねえ」

「ん?」

「私のこと好き?」と隆司を見つめた。

「それは、そうだよ」

「ちゃんと言って」

そう言ってせがむと驚いた隆司は、一瞬俯いて、また顔を上げた。

「好きだよ」

「ほんとに?」

「好きじゃないわけがないじゃない」

「だって――」

激しい動悸で息が詰まった。まるで砂漠の真ん中にいるみたいに渇いて、躰の芯が痺れるようにひきつっていた。

「おかしいよ」

「何がおかしいの？」

「全部だよ全部。こんなに隆司に迷惑かけちゃってさあ。お父さんのことだって、全然何もできないじゃない」

怯えて両手で顔を塞ぎ、小刻みに震えた。説明なんてしようがないほどに、感情という感情が入り乱れて混沌としていた。

「おかしくなんかないよ。どうしたの？」と、隆司が訊いた。

何もかも消え失せる。そんな妄想が、現実の継ぎ目からひょっこりと顔を出して、自業自得だと罵った。

こんなはずじゃなかった。こんなに卑しい人間でも、自制心の利かない女でもなかった。息をするのも苦しい。喉がつかえてまともな声が出せなかった。

「もう、お父さんのこともこの家のことも——何にもできない。私には、何も言う権利なんてないよ」

途切れ途切れに言葉を継いだ。

落ち着かせようと隆司が背中に手をまわし、私を抱きかかえた。髪を撫で、子供をあやすように優しく背中を打つ。

「大丈夫だから。ね？」

隆司のシャツの腕辺りをきつく握り締めて、体温の心地良さに身を預けた。肉が焦げる匂いが鼻腔をかすめ、火元を気に掛ける冷静さと自棄が混在した。しかしいまこの瞬間守られているという安心感から、もうどうにでもなれという考えが勝った。それでも隆司は優しく腕を解くと、ガスコンロの火を止めに向かった。躰が疼《うず》いた。そんなものどうだっていい。

「して」

訳も分からず、隆司が振り返る。

「え」

「ちゅうして」

目を伏せて続けた。隆司が戸惑っているのがわかった。

僅かに間をおいて、隆司の唇が、私の唇にそっと触れた。背中に巻きつけた腕に力がこもり、熱の核が滾るのを感じた。

「もっとして」

上目遣いで隆司を見た。

「ちょっと待ってよ」

「いいから」

「でもさ」

「だって最近全然してないじゃない」

「そうだけど、みんな帰ってくるって」

笑みで応えながらも、隆司は強い口調で制した。

それに逆らって首元に唇を這わせた。セックスがしたい。どろりとした快感で突き上げられ、彼のすべてを呑み込んで達してしまいたかった。

「お願いだから、して」恥じらいもなく懇願した。

「でも家族の大事なときだしさ」

「大事なときだからこそしたいんだよ」

「いや——」

隆司は抵抗するのを止めて、腕の力を緩めて無防備に視線を落とした。

そこに首を掲げて口づけた。執拗に舌を割り込ませ、目を閉じて尖らせたり丸めたり、舌の感覚に集中すると水音が漏れた。右手で胸板を辿り、下腹部の膨らみを撫でると、隆司の吐息が頬にぶつかった。すると堪らずに、今度は隆司から唇を吸ってきた。箍《たが》が外れて憑かれたように舌を動かし、耳朶、首筋、喉元を舐め上げてねぶる。鼻先がツンと当たり、隆司の鼻が高いことを再認識させられる。その感覚に身を委ねていると服の下に手が滑り込んでいき、直に乳房をまさぐられて尖端が過敏に反応した。股の下が濡れていくのがわかり、挿れて欲しいと疼く躰に熱がこもったときだ。誰かが帰ってきたのがわかった。

ドアが閉まる音がし、廊下から話し声が聞こえてきて、弾かれたように身体を離した。流し台にかかるタオルを掴んで咄嗟《とっさ》に顔を拭い、戸口に視線を向ける。気を動転させて待ち構えていると侵入者が姿を現した。

「何かあった？」

重そうなボストンバッグを抱えた准が怪訝そうな顔をしていた。後ろには二重瞼がくっきりとしたセミロングの女性が立っており、手には洋菓子店の名前が入った白い化粧箱が提げられていた。おそらく准の手にある荷物は、彼女のものなのだろう。

「あ、おかえり」

服を整え、意識的に口角を上げた。人間とは恐ろしい。いかに心臓が脈打っていても、しらじらしく微笑むことができるのだから。

「ご飯、何食べてきたの？」

「中華だけど」

「ああ、餃子？」

「そんな週に何遍も食べるほど餃子好きじゃないけど」

准が苦笑した。自分でも馬鹿なことを訊いたと思った。

後に続く言葉を思案していると、隆司がこちらを一瞥した。

「そうだよね。こないだも餃子だったのに、敢えて行ってまで彼女と食べないか。俺も昼飯で会社の近くの中華屋よく行くけど、他にもいろいろあるもんね。何食べても旨いし、出てくるのも早いから。いいよね、中華」

男性とは何故こうにも土壇場に弱いのか。俺に任せろ、そんな表情を浮かべて、思いつく限りの物言いを捲《まく》し立てた隆司は、明らかに混乱している。いま中華について語るのはどう考えても異様だし、もはや何が言いたいのかもわからないじゃないか。

一瞬でも夫を頼もしいと感じた自分を恥じて内心で溜息をつき、准の背後にたたずむ女性に視線を移した。

「准の彼女？」

「はい」

彼女が小さく頷いた。とても柔らかい印象の女性だった。

「すいません、お邪魔させていただきます」

彼女は楚々とした動作で会釈をすると、おずおずと右手を差し出して、箱の底を支えながら言った。

「これ良かったら、皆さんで召し上がって下さい」

「あら、ごめんなさい。お気遣いいただいて」

「とんでもないです」

彼女が小さく首を振った。

摑んでいたタオルを戻し、手土産を受け取ると、焦げついたフライパンを誤魔化してシンクに置き、やかんを火にかけた。

「良かったら座って」

「ああ、どうぞ。こんな家ですけど」

「ありがとう御座います」

ばつの悪さから解放されて意気揚々と振る舞う隆司に対して、彼女は口元を綻ばせた。

「大丈夫？」

准が訊ねると、彼女は小さく相槌を打って食卓に座った。

「珈琲でいい？」

「はい。すみません」と、彼女が答えた。

遅れて男二人も食卓を囲む。すると、隆司が申しわけなさそうに言った。

「ここまで遠かったでしょ？」

「ええ。でも殆ど信号がない道だったので、バスだとあっという間でしたし、人の流れもこっちの方が緩やかに感じて」

「いいよ。無理して気遣わなくて」と准が会話に割り込む。

「そんな、遣ってないよ」

軽やかに笑う声を背に、食器棚から来客用の珈琲カップとソーサーを取り出して、ケーキ皿を食卓に置いた。洋菓子店の化粧箱を開けると、中には白い三角の城にそびえる大粒の美しい苺が顔を覗かせている。それらを丁寧に皿に載せ、それぞれに配すると隆司が訊ねた。

「ごめん。先にお名前伺ってもいいかな？」

「あ、すいません。そうですよね」

あっと開いた口を手で隠し、彼女が背筋を正した。しかし自己紹介に移ろうとするのを、遮ったのは准だった。

「――まさ美です」

何度か耳にしたことのある名前に、全身の毛が逆立つ。

「彼女――笹本《ささもと》まさ美って言うんだ」と、表情を変えて准が繰り返した。

予期せぬ一致に眩暈《めまい》がするようで、だらしなく口が開いた。驚きで声も出なかった。

「香織、どうした？」

何度目かの心許なげな表情で、隆司が訊く。そして後ろめたそうに視線を下げる准の隣で、彼女――まさ美さんが長い睫毛《まつげ》の間から、こちらを見上げていた。

「同じなんだ」

ゆっくりと、口を開いた。

「何が？」

「名前。あの女と同じなんだ」

誰も何も言わなかった。父親の愛人の名前を知っているのは兄弟だけなのに、不思議と空気が伝染していた。

准はどこまでも父に似ている。そう思うと逆に笑えてきて、ふいに父の浮気相手の年齢に自分が達していたことに気付いた。三十四歳、私よりも二十歳上のあの女は現在五十四歳になっているはずだ。

けたたましく吹鳴するやかんの火を止め、インスタント珈琲に湯を注いだ。人を安堵させる香りが胸をくすぐり、静かに漂っていた。

第三章　兄

正装なんて苦痛でしかなかった。

そもそも、何故シャツも背広もきっちりと着こなさねばならないのか。馴染めば着慣れるとは言うが、そんなの馬鹿の言い訳だ。通気性も悪い上に動きにくく、不愉快な窮屈さが一刻でも早く脱ぎたいという気持ちに拍車をかけていた。

スマホで検索し、飛び込んだ探偵事務所は、駅前の一等地に位置していながらひっそり看板を出していた。

「いつでも力になりますから」

どうにも人懐こく目鼻の整った高校の後輩――とは言え、母校が同じというだけで初対面の男――はこちらの状況を伝えると友好的な態度で、是非ご協力させて下さいと口にした。それに安堵し大方の話を済ませ、立ち上がり背を向けると男は、少し待っていて下さいと鋏を持ち出してきた。後ろにまわってスーツについたバッテンの糸を切り、満足そうに笑みを湛えながら、お気をつけてと深く腰を折って頭を下げた。

後輩の姿がエレベーターに遮断されると、がんじがらめになっていた緊張と羞恥が解けて太い溜息が漏れた。やはりスーツなんて着てくるんじゃなかった。こういう場所にどんな格好で臨むのが相応《ふさわ》しいか、まったく良識を持ち合わせていない自分に苛立ち、テーブルから拾い上げてポケットに捩《ね》じ込んだままにしていた名刺を取り出した。

厚めの上質な紙には《佐原輝也《さはらてるや》》と印字されていた。いかにも賢そうに配列された文字と、先ほどのそつ無い対応に気恥ずかしさを覚え、渡されたB5サイズの説明冊子を折りたたんだものと共に胸ポケットにしまった。

降下が止まり娑婆に出ると、スマホを頼りに歩いてきた道を駅方面へ引き返した。退屈そうな顔をするババアが店番の宝くじ売り場を曲がって、学生がたむろするファストフード店を横目に大通り沿いを進む。靴擦れと商業都市ゆえの人の多さに苛立ち、群衆の隙間を乱暴に縫って抜けていくと睨まれていたのがわかった。

ようやっと駅裏の喫煙所に到着すると、意味もなく噛みつきたい衝動にかられた。そこまでもが混雑していて、溢れかえるほどの人が互いに視線を交えないように俯いている。霞んだ煙の中でスマホをいじっているせいか、誰がどうとも識別ができずに自然と険しい顔つきになる。

冷えた両手を正装には似つかわしくないジャンパーに差し込み、禄朗の姿を探した。しかし視線を動かし幾ら探しても見当たらず、また遅刻かと舌打ちが漏れた。そこにライターを持っていないかと女が訊ねてきた。どことなく乳臭さが残る女は、まだ年端もいかない子供なのだろう。俺が煙草を吸わないことがわかると、女は釈然としない様子でまた別の男に声をかけ、火にありつくとさも美味《うま》そうに煙を吐き出していた。

思い返せば、自分は特別な人間だと疑うことなく生きてきた。そのため生まれ育った街にこだわる気も、大学にも就職にも興味を持たず、何となく面白そうだと思うものには手を出した。友人がサーフィンをはじめたと言えば同じ道具を一式揃えたし、都内で店を任せたいと言われれば経営なんてしたことがないのに引っ越した。肌に合わなければ辞めたら良い。その場限りになってもどうせ次があるのだからと、何事にも固執することなく楽観的に過ごしてきた。

だから親父の認知症が発覚したときも、適当に案じていた。次がないことが現実に起こりえるというのがにわかに信じがたかった。

やがてホスト風情の男が迎えに来て、吐き出す煙に目を瞬かせていた女は繁華街方面へと消えて行った。男の腕に抱きかかえられて猫のような声を発する女を見て、どうせすぐホテルだろと嫌味が声になった。それから大幅に遅れて禄朗はやって来た。言い訳をするわけでもなく、いつもと変わらず悪びれもせずに、とりあえず煙草に火をつけて一服すると、俺の不似合いなスーツ姿を見て「馬鹿の成人式みたい」と嗤った。

内容はともかく、禄朗のこういう態度には常々むかついていた。しかしまともに取り合う方がよっぽど面倒臭く、おおよそ半分ぐらいで聞いて、あとは適当にやり過ごすぐらいで丁度良い。十年近く経ってもさっぱり変わらないものを、とやかく言っても仕方がないと諦めていた。

良くも悪くも、禄朗は相手のペースを狂わせる厄介なところがあった。それでいて女に人気があり、顔がとりわけ良いわけでもないのに、いつだって誰かを連れていた。

中学の修学旅行から帰って間もなくだったと思うが、一度禄朗の彼女に呼び出されてカラオケに連れて行かれたことがあった。

閉じ込められた狭い部屋は薄暗く、煙草のヤニ臭さが充満し、やましい妄想を掻き立てるには充分だった。その後ろめたさから、俺は座面が派手に破けたソファで興奮を隠そうとわざと背中を丸めていた。しかし彼女は俺のことなど露ほども気にかける様子はなく、メロンソーダの炭酸が弾くのをじっと見つめていた。そして口先でストローを啄《ついば》むようにしながら、「どうやら禄朗はもう私のことを愛していないみたいなの」と相談しはじめたのだった。俺はあまりにも早熟過ぎる口ぶりに冗談かと思い噴き出した。真剣な語り口がむず痒く、揶揄《からか》わずにはいられなかったのだ。だが彼女はみるみるうちに涙を溜めて、あなたを頼って相談しているのに、と怒りを爆発させて泣き始めた。八つ当たりにも似た感情をぶつけられて困惑した俺は、歌うことも嗤うこともできずに、ただ黙って泣き止むのを待った。

その何日か後、禄朗からあっさり別れたことを告げられた。迷惑をかけたにもかかわらず、けろっとした態度で振る舞う禄朗に苛立ちを覚え、カラオケでの出来事をぶちまけた。いかに相手の愛情が重かったか、自分が被害を被ったか。切々とクレームがてら訴える俺に、禄朗は面倒臭いと吐き捨て、最後まで聞き終わることなく嘲るように言った。

「隼人くんさあ、ああいう女はすぐやらせてくれるからいいけど、飽きたら最悪よ。雑にしても勝手に盛り上がるし、すぐに被害者ぶるっていうか。だから放っておけばいいの、うざいだけだし」と。

禄朗が煙草を吸い終わるのを待って、二人で繁華街方面へ向かった。

安っぽいネオン看板が立ち並ぶ歓楽街には週末の喧噪《けんそう》が漂っており、すれ違う女たちに禄朗はねっとりとした視線を向けていた。値踏みをして、声をかけるターゲットを見定めたら、隙を狙って口が上手いのを良いことに飲みに誘う。それで適当に酒席で盛り上がれば、今度は賛辞を捧げまくりホテルに連れ込む。見知らぬ女でも禄朗の口車に乗せられれば気軽に飲みについて来たし、秒殺で股を開いた。そのためグループで釣れた場合は恩恵にあやかり、自分も女を持ち帰った。稀に気分が乗らず、独りで朝まで飲み明かしたこともあったが、こんなふうに女を調達して酒を飲むのが常態化していた。

禄朗は手当たり次第に女を抱いた。そして愉しめるだけ愉しみ、無慈悲に女たちを棄てると、顔を合わせる度に一晩を共にした女との情事を冒頭から射精まで話したがった。乳首が陥没していたから萎えただの、イクときの声が野太くて枕を押しつけて黙らせただの。減点方式で欠点を挙げていっては、事細かに女たちの恥部を面白おかしく披露して聞かせた。

自分が言えた立場ではないが、禄朗は人としての倫理観や社会性が圧倒的に低く、著しく善悪を判断する能力が欠けていた。それでいてしがらみに囚《とら》われないことを好み、湧き起こる欲求には逆らわず、虚栄《きょえい》を満たすためには平気で嘘をついた。それらを俺は軽薄な人畜生だと嗤いながらも、禄朗の根底にある欠落のようなものに狂気を感じていた。

では何故そんな奴と付き合っているのかと問われれば、一緒に馬鹿をやるのが楽しかったからとしか言いようがない。限られた人生の中で有意義な時間が続くならそれで良いと、俺も禄朗も刹那的に考えているのは同じだったし、家庭事情がどうだ親がどうだといった類の身の上についても、あまり把握もしていなかった。何も考えずに現実から遠退いて、享楽に溺れる相手としてはもってこいで、どんなにクズ野郎であっても行き当たりばったりで面白くなれば、それで構わなかった。

日付を過ぎるまでパブや立ち飲み屋を何件か梯子《はしご》してみたが、残念ながら収穫は得られなかった。暇を持て余していそうな女を見繕い、手当たり次第に声をかけてみたが魚は針に食いつかず、蔑んだ目つきで一瞥されるだけだった。

ただの徒労で終わり、観念して勘定を支払うと、出入り口付近では輪になった団体がテンション高く一本締めをしていた。ゲラゲラ笑う醜悪な容姿の男たちが、ひとりの冴えない女を取り囲んで何やら盛り上がっている。それを禄朗はさも面白そうに嘲笑し、白い息を吐き出した。

片道だけで一万を超える距離を折半することにして、やむなくタクシーを拾った。少し鼻にかかった声でドアが閉まると促した運転手は、慣れた手つきでハンドルを握り、退屈しのぎに話し掛けてきた。最近この時間は客がなかなか捕まらない、長距離利用の客が減っている、こないだこんな恐ろしい目に遭ったなど。矢継ぎ早に言葉を継ぐバックミラー越しの運転手に無視を決め込むわけにもいかず、調子を合わせて頷いてやった。

暫《しばら》く禄朗はスマホでネット記事を漁っていたが、やがて飽きて目を閉じ、鼾《いびき》を立てて眠りについた。

客の睡眠を邪魔しないように気を遣ったのか運転手の口数が減り、ようやく解放された気持ちになっていると赤信号でブレーキがかかった。停車中のアイドリング音を耳にしながら前方を見やると、サイドボード上で誇らし気に掲げられた優良運転者という文字が目に入る。運転手名は《佐原輝也》と印字されていた。それに計らずも縁がある名前だと苦笑し、窓から流れる景色に意識を移した。

親父が姿を消したのはこれで二度目だった。一度目は俺が七歳のときだったか、朝起きて小学校に行く支度をしていると、何気ない顔で親父が千円札を数枚押しつけてきた。「これで好きなものでも買え」と言って、職場に向かうときは絶対乗らない車で家を後にし、深夜を過ぎても帰ってこなかった。

お袋は准が産まれた直後で動揺し、消息がつかめない旦那を捜すために、我が家の電話機から思いつく限りの人間に連絡を入れていた。そんなお袋の常軌を逸した行動に、子供ながらも何かを強く感じた香織は、駐車場を見渡せる窓にじっと張り付いていた。親父がいつ帰ってきてもわかるように、あいつなりにお袋の力になろうとしていたんだと思う。

それもあって俺は嬉々として小遣いを受け取ったことを、どうしても言い出せずにいた。あのとき親父を引き止めていたら――そんな共犯者めいた罪悪感に押し潰されそうになっていた。

数日後、親父は山梨県で見つかった。独身の頃から失踪癖はあったらしいが、親戚との諍《いさか》いや夫婦喧嘩があったわけではなさそうだった。帰ってきても突然居なくなった理由を説明しようとはせず、眉も動かさず感情のない顔でじっと食卓に座っていたのを覚えている。

おそらく親父は小さい製本屋を続けることに行き詰まっていたのだ。下請け故に出版社や印刷屋からは値下げをさせられ、単価はべらぼうに安く、仕事があるときに稼いでおかないとどうしようもなかった。休日は安定しないし設備投資もクソもない。ホットメルトの蒸気を吸いまくり、無線綴じは換気が悪いと地獄。単調な作業工程では無理な姿勢や腰をひねる動作で身体を痛め、遣り甲斐を見出そうと思ったら大変な苦労を味わう職種だったに違いなかった。

しかし何故山梨県だったかは未だにわからない。親戚がいたわけでも家族で旅行に行ったことがあるわけでもなく、一切所縁《ゆかり》がない土地にどうして向かったのか。真相は今もわからないままだ。

先にタクシーを降りた禄朗から金を徴収することを忘れて、結局自分が全額支払う羽目になった。詰めの甘さに苛立ち、そのまま憤りが声になると、タクシーの運転手は苦い顔をしながら聞いていないふりをしていた。

帰宅した家は眠っているみたいに静かだった。冷気が室内を冷やし、足裏から体温が奪われ、暗い廊下にひたりひたりと響く。灯りもつけず台所に入り、冷蔵庫を開けると人工的な橙の灯が顔に反照した。ペットボトルに残った微妙な量の水を飲み干し、食卓に座って息を潜めると思い出したように冷蔵庫のサーモスタットが低い唸り声をあげた。

探偵事務所に支払う費用をどうするか考えねばならなかった。現時点で金の融通先はない。それでもどうにかして都合をつけ、早々に調査して貰わねばすべてが手遅れになってしまうだろう。臆病になって判断を持ち越している暇はなかった。

身体に圧し掛かる疲労感が意識を強制終了しようとするのに頭はえらく冴えていた。いい加減布団に入り、無理にでも目を瞑《つぶ》ろう。そう息をついて立ち上がろうとした瞬間、人が下りてくる気配がした。

目を凝らし待ち構えていると、華奢な輪郭が用心深く近づいてきた。

「え、待って」

人影が、俺に驚いて声をあげた。

慌てて壁に取り付けられたスイッチに手を伸ばし、電気をつけた。細い両腕に余らせるみたいにして、男物のパーカーを羽織った女が立っていた。女は暫くこちらを見つめてから、頷くように頭を下げた。

「こんばんは」

「誰だよ」

思いがけず低く響いた声に、女は湿っぽい瞳を瞬かせた。

「あ、すいません」と、女は背筋を伸ばして言葉を選びながら言った。「昨日からお邪魔させて頂いてます。准くんとお付き合いさせて頂いていて」

昨日だと俺は家に帰っていない。日中はスーパーの衣料品売り場まで出向いて、ナイロン素材のくそ窮屈なスーツを購入し夜勤に向かうと、その足で例の探偵事務所に飛び込んだ。女のことは知る由もない。

「あの、お兄さんですよね？」女が訊いた。

「そうだけど」

「准くんからいろいろ聞いてます」

「いろいろって？」

「そんな大したことじゃないんですけど。小さいときのご家族のこととか。そういうことを」

張りつめた緊張がほぐれたのか、女は表情を崩して笑った。

身体の中で轟《とどろ》くようなざわめきを感じた。どこかで見たことのある仕草や態度に、胸腔の奥が波立つのがわかる。

「あの、お風呂頂いてもいいですか。うたた寝をしていたら入り損ねてしまって。ご迷惑でなかったら」

「どうぞ」

ぶっきらぼうに返すと、女は黒目をうろうろさせていた。そして再び頭を下げて廊下の先に姿を消したが、ほどなくして戻ってきた。

俺の前を通り過ぎて階段に足を掛けようとしたとき、何故だか引き留めるみたいな声が出た。

「風呂は?」

「お湯を溜めさせて頂いてて」

「ああ」

言語にならない返事をして、一旦思考を落ち着かせた。何がしたいのかわからない、と腹にある声が表情に漏れていたのかもしれない。

妙な違和感がある女だった。いちいち何か含むように口元を綻ばせて、焦点をぎゅっと絞って上目遣いをしてくる。おそらく確実に一度会っている。しかしどこで会ったかまったく思い出せず、頭をもたげる引っ掛かりの正体を突きとめたいという焦燥感だけが膨らんでいった。

「違うなら悪いんだけど」と意を決して切り出した。「もっと髪長くなかった?」

「えっと」

「俺らどっかで会ったことあるよな」

唾を呑んで喉を鳴らした。風呂場から聞こえてくる水音が、幾らか緊張を緩和させている気がした。

「すいません。はじめましてだと思いますけど」

長い時間のようで短い沈黙を破ったのは、女だった。女は丸くした目を伏し目がちにして、考えあぐねるように顔をこわばらせていた。

「ならまあ、悪い」

「いえ」

抑揚のない返事をして、女はまた黙り込んだ。

しばらくして女が静かに立ち去って行くと、俺は自室に逃げた。そして布団にもぐり込んでから改めて曖昧な記憶を辿ってみたが、身体は鉛みたいに重く、抵抗する間もなく暗転した。

一瞬にして微睡《まどろみ》に呑まれると夢を見た。きっと起きたときには忘れている、と理解しながら。

普段現場までの移動は、社名が刺繍された上着の代わりに別のアウターを制服のズボンと着合わせていた。ごく稀に私服で向かうこともあったが、楽だし勤務までの時間短縮にもなる。ストレス発散のためにどうでも良いことを捲し立てる上司と現地で着替えるよりかは、服に頓着がない奴を装った方が何かと都合が良かった。

道路工事現場での誘導というのは、基本的に交互に車を通せば良いだけだ。両端に誘導員が誘導灯を持って立ち、交代が来たら休憩にまわる。職人のように習得期間が必要な難しい仕事ではない。

十代の頃は鳶職に憧れていた。職人堅気なイメージや幅の広いズボンに色気を感じ、自分も身を投じたい一心で求人に応募した。超がつく縦社会でのし上がるなんて余裕などとぬかし、未経験ながらも即採用を当然のことだと喜んでいた。しかし来る日も来る日も容赦なく浴びせられる罵声や、理不尽な暴力に我慢できなかった。反感を買わず、抑圧に耐えながら仕事を覚えていくことに、美学なんてものは感じられなくなっていた。極論を言うなら、年功序列が染み込んだこの場所で、要領良くやっていける気がしなかった。どんなに凄腕の職人でも所詮は管理社会の一員で隙間を埋めているに過ぎないのに、末端の者を同じ人間とは思っていない態度に嫌気が差し、まったく反吐《へど》が出そうだった。

夜勤が終わり空を見上げると淡い青が一面に拡がっていた。駅に向かう猫背姿の企業戦士たちと入れ違いに、コンビニで届いたばかりの朝刊に目を通し、牛丼屋で腹を満たす。そこから仮眠を取ろうと漫画喫茶に向かったが、指定された個室は横たわってみると、あまりの狭さに嘆息が漏れて膝を折り曲げるしかなかった。

ふと、准の彼女のことを頭に思い浮かべた。やはりあの女を知っているはずだった。しかし客観的に物事を考えようとすると、どこかで妨げようとする感情が働き、結論に近づくのを遠ざけてくる。あの雰囲気は記憶しているのに、どこで会ったのか、何をしていたのか、肝心なものが喪失していた。

夜勤明けの睡眠を貪ってパチンコ屋の新装開店に向かった。あらかじめ行くと決めていた店は平日殆ど客が入っていないのに、人気機種が導入されることもあって、三十分以上も前から入場整理券を貰うための長い列ができていた。

前日示し合わせた通り、禄朗に電話をかけると呼び出し音が鳴るや否や出て、列の先頭組から大きく手を振ってみせた。このためだけに出勤日を調整して貰ったというロぶりに、呆れ果てて苦笑する。俺との待ち合わせには引くほどだらしないくせに、金が絡むときだけはしっかりしていて浅ましい。その貪欲さに言うべき言葉さえ失っていると、十時ちょうどに店が開いた。

躍起になって席を確保する年配者で新規台はすぐ満席となり、仕方なく昨日の回転数を見て、期待が持てそうな台に座った。禄朗も負けじと確保した新規台でぶん回していたが、序盤のチャンスを逃してから惨敗し、昼過ぎには二人して腹が減って店を出た。

労働明けの汗が脇の下でベタつき、肩や首の筋肉がこわばっていた。家に帰って眠ろうかとも思ったが、禄朗に誘われるがまま早朝と同じ牛丼屋に入り、立ち飲み屋で軽く呑んだ。するとアルコールを摂取したことで勢いづき、解散後も独りでチェーン店の中華屋へと流れ、無駄に生ビールを頼んだ。樽をきちんと清掃していないのか炭酸が抜けていて不味《まず》く感じ、まるで酒を呑むことしか能がないのを戒められているかのようだった。

こんな店で時間稼ぎをしたところで、意味がないのはわかっていた。帰れば家族と准の彼女がいる。違和感を持つ相手だったとしても、顔を合わせれば否が応でも受け答えをせざるを得ない。鬱陶しい疑念に振り回されることになるのは明確だった。

スマホをタップすると19:02とデジタル時計が表示され、その下に不在着信と留守電メッセージが並んでいた。番号は見知らぬ相手のもので、音声を聞くと探偵事務所からだった。

「その後いかがでしょうか。お調べにも時間がかかりますので、ご決心つきましたら改めてご連絡ください」

声の主は佐原だった。言いたいことが明瞭ではっきりした口調の伝言は、言葉に詰まることもなく簡潔にまとめられていた。

あれから何も結論が出せずに放置していた。途方に暮れ、気が遠くなりそうな煩わしさを感じ、ひとり頭を抱えることで精一杯だった。

認知症が進行した患者の中には記憶力低下や見当識障害を起こし、いまどこにいるのか、自分が誰なのかすら思い出せない者も多いらしい。そのため失踪したら最後、自力で帰ってくるのは不可能に近い。目的不明に見えても本人にとっては切実な理由で、何らかの動機や過去の記憶に基づいて徘徊《はいかい》することもあるのだという。

調査を頼んだとして、家族がどんな反応を示すかまったくわからなかった。何より今の自分にとっては莫大な調査費用がかかる。それに依頼内容が親父の行方とは関係のないものだとしたら、感傷に浸る大馬鹿野郎じゃないか。

首をすくめ、生ビールを飲み干すとゲップが洩れた。躾の悪さを咎《とが》められた記憶でさえ、親父の顔が思い浮かぶのだからたまったもんじゃない。親父のことを忘れようとすればするほど、親父について考えずにはいられなかった。だから無意識に、親父の浮気相手や准の彼女のことを考えてしまうのだろうか。

煩悶とする思考にこびりつく人相を振り払い、飲みたくもないおかわりを頼んだ。いずれにせよ、何の得もしない鬱々とした感情に揺さぶられることが、これほどの負荷だとは思わずに太く濁った息を吐き出した。時間をやり過ごそうとすればするほど堪え性がなく苛立ち、随分と長い待ち時間のように感じた。

激しい尿意を感じて目を覚ますと、すでに昼過ぎだった。昨晩呑み過ぎたつもりはなかったのに、起き上がると胃がひどくむかつき、下唇の裏には口内炎ができていて歯を磨くと滲《し》みた。

すでに隆司さんは仕事に出ているようだった。和室からは掃除機をかける音がしていて、風呂磨きに使う塩素系洗剤の匂いがうっすらと廊下に漂っていた。

用を足して便所を出ると、掃除機の電源を落とす香織とかち合った。香織はいかにもうんざりとした表情で、不愛想に言った。

「いたんだ」

「おう」

片手で持ち運べる掃除機を見て、コードの巻き取りが悪い旧式じゃなくなったのに気付くと目を背けた。随分と前からかもしれないが、そんなの家事をしない者からしたら知ったことではない。都内に引っ越す以前も戻った後も、この家で掃除機をかけたことなんて一度もなかった。そう考えると、自分の体たらくが笑える。

「お兄ちゃん、今日は夕飯食べるの？」

「いや、別にいらね」

「あ、そう」と、香織が素気なく頷いた。「居ないのわかってるときは早めに言ってよね。普通に作っちゃうし、ひとりでこの家住んでるわけじゃないんだから」

どうしても俺を見ると苛立つのか、香織は非難を続けた。

「あとさあ、自分が居ないときに他人を勝手に家に上げるの止めてくれない？」

「他人って誰だよ」

「禄朗さんとか」

「ああ」

口先だけで返事を済ませようとすると、香織はさも厭わしそうに言い捨てた。

「迷惑だから、あれ。本当に」

ひとしきり言いたいことを捲し立てると、細々とした家事を切り上げ、食器棚の引出しから車の鍵を取って、香織は家を出て行った。顔を背けている相手によくもあれだけ吼えることができるな、と逆に感心するしかないぐらいで、俺はすっかり萎えた心持ちにさせられていた。

香織は自分が信じた正義を貫くことを徹底していた。自分が良かれと思って行動したことが他人にとって迷惑でも、相手に施しただけの感謝を望み、気持ちが踏みにじられることを嫌った。そのため慣れが優って、素直に気持ちを表現することを怠ると、被害者ヅラをして相手の非常識を責め立てた。

だから親父の介護を頼めないかと香織が相談してきたときも、正直うざったかった。親の老後を子供が面倒見るのは美徳かもしれないが、自らの生活を捧げる気にはなれない。同居人だからといって介護を要求されることに疑問があったし、熱心に親父の面倒を見れる自信もなかった。なにも子供がすべて受け入れる必要はない。思い切って親を見捨てることだって選択肢の一つだ。しかしその主張が道徳的観念が強い香織には到底理解されることはなく、否定的な態度で批判され、挙句の果てには親不孝の塊だと罵倒された。いい加減だとしても、自分のやり方で暮らしているだけなのに、何故こうも毒突かれねばならないのか。納得いかずに舌打ちをし、考えうる限りの傷つく言葉を選んで反論した。つまらないものでも、自分の主義を犯されるわけにはいかなかった。

それもあって実家に香織が移り住んでからは、余計に関係が悪化したように思う。隆司さんを巻き添えにしている自覚はあったが、衝突を繰り返していた妹に命令されることが、どうにも我慢ならなかった。両親が他界すれば、それこそ連絡先もわからなくなり他人と同じだ。そう考えると、わかり合おうとする気力も湧かず、気勢を削がれて兄妹間で協力し合う気もなくなっていった。

空腹を感じて冷蔵庫を開けた。すぐに食べられるものを幾つか取り出し、炊き立ての米を冷凍させたものを電子レンジで温め、ラップを皿がわりにして食べた。それから自室に戻って無料でダウンロードしたゲームをやってみたが、課金ばかりを求められすぐに放り投げた。日々を嘆いて死ぬ奴の気持ちがわからないでもない。淡々と続く毎日の味気なさに、父の失踪を受けて出勤日数を極端に減らしたことを後悔した。

すると暫く経って、向かいにある准の部屋が開くのがわかった。階段を下りていく足音が響き、べたべた歩く癖からして、准のものであることに間違いないだろう。だとしたら彼女はまだ部屋に居るのか。だがしばらく待っていても下りていく気配は感じられず、ドアの向こうはひっそりと静まり返っていた。

痺れを切らして再び台所に下りていくと、換気扇の下で准が煙草の煙をくゆらせていた。

「お前、どこにも行かねえの？」

わざとらしい声が出たと思った。しかし准は欠伸をして、悠長に眼鏡を押し上げて顔を拭った。

「まあ、行くところもないしね」と灰を落としながら続けた。「兄貴は？　今日仕事ないの？」

「ない」

考える由もなく即答した。それに准が頷いた。

「同じだよ。俺も休みみたいなもんだから、ここんとこ」

退屈そうに煙草の火を消し、空き缶の中に灰殻を落としてから准が言った。

「飯は？」

「外で食う」

「だよね。俺もそろそろ出るわ。姉ちゃん帰ってくると、また気まずいだろうから」

「気まずいって何が？」

「彼女来てるの、やっぱり良く思ってないみたいだしさ」

准はそう答えると、換気扇を止めた。

彼女のことを訊いてみようかとも考えたが、逡巡してやめた。そんなことを訊いたところで、靄《もや》が晴れるはずもない。准も多くは語りたがらないだろう。

ガキの頃から、准は孤独ぶるところがあった。マイペースな性格で、自分に都合が悪くなるとすぐ自室に籠ったり、黙りこくって話さなくなる。テレビゲームにしても何にしても、遊ぶときは准に合わせなければならず、ただただ面倒だった。おまけに見た目以上に取り扱いが難しい性格の弟は、歳の離れた末っ子という立場を上手く利用し、頻繁に、「兄ちゃんのくせに」という言葉を使った。兄ちゃんなんだから譲れだの、我慢しろだの、もっともらしい口ぶりでプレッシャーを掛けて、相手を服従させようとする。その卑しい態度が、俺をむかつかせていた。

未だに忘れられないのが、何気なく見るともなしにつけたテレビで兄弟喧嘩になったときのことだ。プロ野球のシーズン中に曖昧な様子でアニメを見続けている准に堪り兼ねて、俺が無理やりチャンネルを変えた。好きな番組を中断されたことに怒った准は、延々と文句を垂れ流し、やがて取っ組み合いに発展したのだ。七歳差の俺に力では勝てない准は、容赦なく脇腹に嚙みついてきた。あまりの衝撃と痛みに飛び跳ねて、無我夢中で准にリモコンを叩きつけた。力が緩んだ隙に身体を引き離すと、当たりどころが悪かったのか、額からは血が流れていて准は泣き叫んでいた。血相を変えたお袋がすぐに駆けつけて病院へ連れて行き、親父にはこっぴどく叱られた。歯形が青く残った脇腹を抱えながら、沸々と腹の底に憎らしさが滾るのを感じた。それと同時にどうせ俺なんて、とやさぐれた気持ちに拍車をかけるのは難なかった。

くそ生意気な弟と事あるごとに揉める俺は、いつも長男としての自覚を咎められた。兄と違って、弟は大人しくて優秀な子。それが親戚や両親からの評価で、よく見た目も比べられた。香織と准はつるんとした均斉の取れた顔立ちをしているのに比べて、俺は頬骨が出っ張り過ぎている。目、鼻、口の配置、それぞれの距離感やボリュームが小さかったり離れていたりして、どこから見ても造形がひとりだけ崩れていた。威張れるのは大柄な体格だけで、喧嘩で勝てることが兄弟における唯一の特権だった。

しかし准が小学校を卒業する頃には、俺ら兄弟は互いに関心を示さなくなり、一定の距離を置いて接するようになった。殴ることも泣かせることもなくなり、始末の悪い長男が大人しくなったことを家族揃って清々していたに違いなかった。

今になって振り返ってみると、擦れた感情をどうにか受け流そうとしていたのかもしれない。親父とも他の家族とも均衡を保って暮らし、親父の女が露見したときも何も言わずに無視してきた。もうとっくに家族仲は破綻していると決めつけ、無理に愛想を振りまいて機嫌を取ることもなく、露骨に関わりを絶って他人として接することに徹していた。

だからいつだったか、その頃一言も言葉を交わさなかった親父が、夜中遊び疲れて帰宅した俺に話しかけてきたことが不気味だった。他の兄弟が寝静まる中、わざわざ起きてきた親父は食卓の椅子に座り、深い悔恨を浮かべて訊いたのだ。

「お前は長男だからわかってるだろ。俺がどう考えてどう感じて、何を間違えて生きてきてしまったか」

まるで死人みたいな弱々しい口調があまりにも気色悪く、俺は未成年なのに煽った酒で微睡みながらも悪態をついた。すると親父は力なく笑って続けた。「お前は、そんなに俺が煙たいか?」。それをうるさく感じて、俺はそうだと答えた。すると親父は言った。

「それで良い。母さんの前じゃ煙たいって言っとけ。お前が俺を許したら、今度は母さんが悲しむから。俺のことは嫌いでいい」

はっきり言えよ。だからあんたのことわかんねえんだよ——あのとき、あまりのだるさに、焦れて頷きもしなかった。

禄朗と連絡を取って、駅近のガールズバーに向かった。

挨拶をすると、馴染みの黒服は頭を下げて、手袋を取りエレベーターのボタンを押した。雑居ビルの四階に位置する手狭な店は繁盛していて、男たちがすし詰めになり肩を寄せ合って座っていた。カウンター端の空いている席に案内され腰を下ろすと、ほどなくしてボトルが運ばれてきた。

店内はハワイアンを意識した内装で、店員は髪飾りを頭に載せ、パイナップルやハイビスカスを模した布を、胸元のところで捻《ね》じり上げるみたいにして身体に巻き付けていた。店側の狙いなのか、薄い布がやたらと胸の膨らみを強調して見える。

髪を染めた金髪の小柄な店員がカウンター越しにつくと、禄朗は身を乗り出して体勢を整えた。禄朗のお気に入りである彼女は、ネイルを施した長い爪で器用にアイストングを摑み、氷をグラスに入れていた。そしてチャージ数を稼ぐために少し濃いめのハイボールを二つ作って俺らの前に置くと、自分のグラスには酒が弱い体を装って薄めにウィスキーを注いだ。

働く店員の大半は、昼に融通が利く時間を作るために、夜働いている売れない役者や歌手の卵だった。昼の職に就いている娘も何名かいたが、その場合は小銭稼ぎとして職場に内緒で働いているらしい。容姿が整っている店員も多く、モデルをしていると言う彼女は、乾杯するや否や屈託なく自分のことを喋った。誕生日や趣味、最近取り組んでいる美容法など。それらに禄朗は相槌を打ち、こなれた様子で彼女との会話を楽しんでいた。想定するに禄朗は、彼女を持ち帰る機会を狙っている。だからこそ理解のある客を装って、抜け目なくディフェンスに徹しているに違いなかった。

しかし正直に言って退屈だった。お膳立てされた文句で持《も》て囃《はや》されても胡散臭《うさんくさ》いし、風俗やキャバクラのように性欲を掻き立てられるわけでもない。酒代を支払うのは客なのに、興味を持てそうにもない話題に延々と付き合わせられる気持ちにもなってみろ、と甚だうんざりしていた。

居心地の悪さに閉口し、金髪娘のお喋りに委ねるがまま呑んでいると、いかにも不慣れな店員が、「私も一杯頂いても良いですか？」と接客に加わった。胸元の名札には丸い文字で、《百花《もも か》》と書かれていた。先週入店したばかりだと言う百花は、鼻筋だけが綺麗に通った、特徴のない顔立ちをしていた。良く言えばどぎつさや嫌味がなく、目鼻立ちがさっぱりとしている。眉上で短く切り揃えた前髪が不釣り合いに感じられ、残念さをより際立たせていた。

室温で結露したグラスを拭うためのハンカチを隅に置き、百花は無理やり口元に弓を引くと、手始めにまず趣味を訊いてきた。俺はそんなものないと答えたが、それでも挫けることなく、百花は他の店員と同じように自分のことを話し始めた。現役大学生で教育学を専攻していること、友人と一緒に入店し、先月までフランスに旅行に行っていたこと。すべて脈絡を欠いた話題ではあったが、突き放しても話題を変えて話しかける健気さや仕草が面白く、やり取りが緩慢にならず続いた。

ボトルを飲み干し、新しく同じウィスキーを入れると、そのうちに流れで金髪娘の恋愛遍歴に話題が移った。やれセックスにかける時間が長かった、四六時中ヤリたがったなどと、過去付き合っていた男との因縁を聞かせられ、禄朗は喉がちぎれるほど爆笑していた。

スツールに背中を仰け反らせて大袈裟に手を打ち鳴らす禄朗を横目に、用を足しに行こうと黙ってコースターにグラスを置き、カウンターに体重を預けた。スツールから腰を浮かし、脚を伸ばそうとしたとき、唐突に百花が口を開いた。

「私──性欲が強すぎて男の人に引かれちゃうんですよね」

一気に、場の関心が彼女に向くのがわかった。凡庸な顔つきからは想像もできないぼやきは、さも満足したことがないとでも言いたげな口調だった。

「え、ちょっと詳しく教えて」

禄朗が嬉々として食いついた。金髪娘が提供した渾身のネタを放り捨て、予期せぬ話題に狙いを変えたのだと察した。

「それって言うのはさ、一晩中やりまくれるってことなの？」

禄朗の言葉に奥歯を噛み締めた。浮かせた腰を据え直し、眉間にしわを寄せて、ハイボールをぐっと喉に流し込むとグラスが空いた。しかし金髪娘は口を半開きにして客どころではない様子だった。胸元の結び目が弛んで露わになりつつあるのに、すっかり未知の性欲について聞き入っている。

「というよりも、性欲を制御しきれないんです。ひとりじゃ物足りなくなっちゃうし、彼氏以外でも全然良くなっちゃう。だから好きな人ができても、何ていうか──別の人とエッチしたことを滅茶苦茶キレられて、すぐ終わっちゃう」

若者らしい言葉を紡ぐと、百花はいたずらに笑った。すると金髪娘がじっとりと頬を紅潮させながら訊いた。

「行き摺りの人とでも平気なの？」

容姿にそぐわない素直な反応を示した金髪娘に、百花は頭のてっぺんを眺めるみたいにして考え、ゆっくりと無邪気に答えた。

「大学のサークルとかで呑みに行ったりするじゃないですか。そういうとき、お酒も入ってるし、隣に座った人としたくなっちゃうんです。でもさすがにサークル内で手を出すと面倒臭いんで、我慢して、呑み会が終わった後、お店に居た違うグループの人に声掛けちゃうんです」

「それでエッチしちゃうんだ？」

目を眇《すが》めて、興味津々に禄朗が言った。それに百花が唇を舐めて、こくりと首を振る。

「勿論駄目なのもわかってるし、大切なのは彼氏なんですけど――」

神妙そうに顔を歪ませ百花はつま先を見つめるみたいにして言葉を詰まらせた。やがて堪えきれなくなったように笑い、同時に、いまにも泣きだしそうな顔をして続けた。

「性欲モンスターなんです、きっと私は」

わけもなく狼狽えて、無意識に舌を鳴らした。それに驚いた百花が顔を上げたが何でもないと誤魔化した。店員二人が空になったグラスに気付いたのは、その随分と後だった。

日付が変わる前に店を出ると、ひんやりとした空気の重みが火照った身体にとても心地良かった。

店を出る間際、百花の連絡先を聞き出すのに成功した禄朗は、彼女に何かをこそこそ耳打ちしていた。それを金髪娘は面白くなさそうに見つめ、俺らがエレベーターに乗り込むと、無愛想に白いハンカチを振っていた。

百花は勝者であり、敗者だ。いずれ禄朗は彼女に手を出し、情事について減点し、恥部を披露するだろう。そして底なしの性欲というやつを、隅から隅まで話したがる。そういう光景を何度も目にしてきた。勿論ひた隠しにしているものもあるだろうが、そんなものまで把握する必要はなかった。現実に引き戻そうとするようなものは、馬鹿だと嗤えないのだから――。

大手を振る禄朗と別れて、家までの距離を酔い覚ましがてら歩くことに決めた。大通りに沿って真っ直ぐ進み、陸橋を渡る。濁流が流れる川を境に、青々とした田畑の群れが拡がり、遠方にはミニチュアみたいな家々が点在していた。皮肉なほど何もない街だと反吐が出る。掌で顔を拭い、早足になり肩で息を切らした。

一時間ほどある距離をひたすらに歩き、近所のコンビニに入った。週刊誌や青年誌を片っ端から漁って棚に戻し、便所を借りたいと店員に声を掛けた。振り向いた若い男の店員は空いた弁当棚に商品を並べ直しながら、「勝手に」と付け足しそうな顔で「どうぞ」と返し、作業する手を緩めずに向き直った。

気にするでもなく便所を借り、用を足すと手を洗うのも面倒だと鍵に手を伸ばした。目の端で鏡を一瞥すると、思っていたよりずっとヒゲが伸びていたことに気付いた。左右の頬から顎にかけて、中途半端な青ヒゲが鬱蒼としていた。惨めな顔だった。

途端に荒んだ感情が膨れ上がり、家に漂う冷気が肌を刺す感覚を思い返した。あの家の冷たさを、俺は無責任に傍観してきた。親父とお袋の関係に割り込んで意見も言わず、男女なんてそんなもんだ、と知ったふりをしていた。思春期らしくかっこつけていただけかもしれない。だが俺にせよ、親父や禄朗にせよ、あまりにも心が弱い。自尊心に傲り高ぶっているくせに、目前にいる女たちが膝から崩れ落ちても、口をつぐんで何もできやしない。何にもなっちゃいない。愛情に飢えて不義理に怒り狂い、他より劣っているという負の感情に折り合いをつけられず、絶叫する女たちの悲しみを誤魔化し、ずっと避けてきた。それが今ではこのザマだ。意気地なく腑抜けて、他人任せにほとぼりが冷めるのを待っている。目を背け続けているだけじゃないか。

すべてが後悔に繋がり、やぶれかぶれに自分を罵って、便所を出た。相変わらず店内は物寂しく、深夜の静寂の中で店員が黙々と作業にあたっていた。

喉の渇きを感じ、アルコール類が陳列された冷蔵庫の方向を見やると、薄いグレーのコートを羽織った女——准の彼女がいた。驚きのあまり鳥肌が立ち、眉頭に力を込め目を見張った。

それに彼女も気付いたようで、大きな目を丸くしていた。

「こんばんは」

准の姿はなかった。何故彼女がひとりで居るのか、見当もつかなかった。

「お前、何で居んの？」

乱暴な物言いになった。だが彼女は気にする素振りを見せることなく、事もなげに続けた。

「准くんは先に戻ってるって。きっと煙草だと思います。こっち戻って来てこっそり吸ってるみたいだったから」

冷蔵庫からペットボトルの水を取り出して、気にしなくていいのに、と彼女は言い添えた。酒を呑んで来たのか、頬が赤らんで見える。

「お兄さんもいま帰りですか？」

「呑んでて」

「この辺に、こんな遅くまで開いてるお店ありますか？」

「駅前に何軒か。行きつけがある」

「お酒強いんですか？」

「大体いつも呑んでるし、それはまあ」

「だったら今度お付き合いさせて下さいよ。私もそれなりに呑めるので」

「ああ」

繰り返される問いかけに困り、受け流した。前回は緊張していたのか、彼女はひどく饒舌だった。

「准くんってそんなにお酒呑めないじゃないですか。だから今度呑み行きましょうよ、みんなで」

途切れることなく喋り続ける彼女に、店員が手を止めて邪魔臭そうに視線を送ってきた。それに決まりが悪くなり、アルコール類の金を払って促すように店を出た。

プルタブに手をかけ、キンキンに冷えた苦味で喉を濡らした。隣にいる彼女も手に入れた水に口つけて美味そうに息を吐くと、無反応な俺の腕を叩き、愉しそうに語りかけた。肩を並べる相手が彼氏の兄という単純な理由だけで、ここまで気を許せるものなのか。いささか気持ちの落とし所に困り、肩に手を置いたまま距離を急激に詰めようとしてくる態度に、浮かび上がる疑念を追いやることができずにいた。

そのことばかりに意識を向けて黙っていると、彼女は俺の顔を覗き込んで訊ねた。

「あの、怒ってます？」

意外な問いかけだった。驚いて彼女を見ると、気まずそうに視線を逸らした。

「怒ってねえけど、何で？」

「いえ、私が一方的に話しかけ過ぎてしまったので。すいません」

そう詫びると、彼女はじっと我慢するように押し黙った。

車通りもなく静かで、電灯が頼りなくぼやけた影を映していた。伸びては縮む陰影を追っていると異様に息苦しくなり、無理に言葉を探した。

「准とは」

「え」

心許なさそうに彼女が顔を上げた。

「いや、何で付き合いだしたの」

「仕事がきっかけで。それから何度かお食事をして」

「で」

「はい？」

恐々《こわごわ》と彼女が訊ねて、雑になった言い方を丁寧に言い直した。

「あいつが彼女なんて連れてきたことなかったから」

「そうですか」

「つうか、女子と一緒なのも殆ど見たことがない。両親が歳いってからのガキだったから、甘やかされてたし」

「それは自分でも言ってました。あと、お姉さんにも迷惑かけてきたって」

「妹は真面目だから。すげえうるせえし、たまに手に負えないときがある」

「いえ」

遠慮がちに彼女が首を振った。それにゆっくり言葉を続けた。

「あいつら二人は似てるから。嫌味なくずる賢いし、まともなことも言えるし、すげえと思う。歳いったら随分垢ぬけて、違う人間みたいになった」

丁寧に想像したのか、彼女が口元を綻ばせた。そして「長男はやっぱりよく視《み》てますね」と言い添えた。

そういうわけではないと苦笑し、小学生の頃の准を思い浮かべた。過度な可愛がりはありがた迷惑だったと責めるみたいに石を投げて威嚇し、俺にぎゅっと睨みを利かせている。そんな気がした。

「お兄さんはどうですか？」

「どうって」

「いえ、小さい頃から比べて。変わったものもあるんじゃないですか？」

「変わらねえよ。俺だけ――」

柄にもないことを言いそうになって、口をつぐんだ。

経験から言って、泣き言を聞かされた相手が、思惑通りに言葉を投げてくれることはなかった。せいぜい哀れまれるだけで余計に情けなくなる。それでも他人に吐き散らして終わりにしてしまいたいと、言葉を押し出した。

「弟妹どっちとも似てねえ。雰囲気つうか、性格も見た目も全然違うし、俺だけどうやったって顔もデカい。同じ家族なのに」

冗談だと思ったのか、彼女は体を揺するように小刻みに笑った。そして手で口元を隠して、笑ってはいけなかったのかどうか考えるように、堪えて鼻をひくつかせた。

「すいません」

「いや」と言って、口にできる限りの言葉を付け加えた。「でもずっと気にしてきたから。顔でけえなとか、歯並び悪りぃなとか。長男ってだけで何でこう――怒られなきゃなんねえかなとか。だからあいつら二人とは、俺は同じ兄弟じゃねえんだと思ってて。まあ同じ兄弟なんだけど」

対岸で睨みを利かせる准の横で、あの頃の俺が呆れていた。

特別な人間だと信じて疑わなかった人生が、何も特別じゃないと気付いてしまったら、それはもう他者への嫉《ねた》みしか残らない。だから何事にも醒めて生きていくことを押し通してきた。鬱屈することには慣れていた。

「親父がいなくなったら、すげえ楽になったんだわ。もう比較されることもねえし、無理することもねえ。短所に反応して、自分のコンプレックスにいちいち苛立つこともねえし、無駄にあの人からどう思われてんのかとか考えることもねえんだって。自分でも引くけど、あの人が親じゃなかったら絶対好きになれないってずっと思ってたから」

そう一気に捲し立てると沈黙した。彼女はもう笑っていなかった。それが余計に、言葉を継ぐことを虚しくさせるようだった。

剝き出しになった感情に対して、暫く彼女は考え込んでいた。そして同調するように顔を見上げ、おもむろに口を開いた。

「お兄さんはこのまま、お父さんが見つからなければいいと思ってますか?」

得体の知れない不安が湧いた。単刀直入な問い掛けに返せる答えを持っていなかったように感じた。

「そういうわけにもいかねえとは思ってる」

幾ら探しても答えが見つからずに、声がくぐもった。頭の中がごちゃついて、もういっそ考えるのを止めにしてしまいたかった。でも無理だった。やり過ごす度に感情がのたうって大きく起伏し、それでも考えろと押し戻されるようだった。

口をつぐむと、彼女は痛ましそうな面持ちで、伏せた視線の先をじっと見つめた。そしていかにも物悲しそうに肩を窄《すぼ》めた。

「お父さんは幸せですね」

「何が?」

「羨ましいです。こんなに家族から求められるのが。凄いことだから」

慎ましやかに睫毛を何度か上下させると、彼女は物憂げな表情をして見上げた。

まさか――と心臓が波打つのがわかった。その目つきが、顔つきが、顔から放たれる焦燥感が、頭の中でちぐはぐだった歯車を動かすようだった。

違和感が確信に変わり、何故か自分が罪を犯したみたいに身が固くなった。

「池袋の交番のとこ」

「はい?」

「俺らやっぱり会ったことあるよな。あんた、すげえ髪長くてミニスカート穿いてて。酔っぱらって声かけて来なかったか?」

彼女が表情をこわばらせ瞳孔を開いた。俺が真実に近づくのを恐れているように見えた。だが後戻りはできなかった。ここで話を止めてしまったら、後味が悪くなる。

「酔ってて殆ど記憶にねえけど、俺の連れてたやつと三人で飲みに行ったよな。そいつが飲み屋で隣だった女を引っ掛けて、速攻で消えて。そしたら残された俺に言ったんだよ。そいつとやりたかったって。あっちなら後腐れなくセックスできそうだったのにとか、露骨に顔色変えて。それで俺じゃ不満だからって、別の男と店出ていったよな?」

据わった目で彼女を見た。腋の下から染み出た汗が張り付き、疎ましかった。

「何ですか、それ」

声の感じで、彼女の酔いが醒めているとわかった。でもそれは俺も同じだった。

「別にだからどうだってわけじゃねえんだけど。あんたのこと狙ってたわけでもねえし、むしろ手を出さなくて良かったとも思ってるし。だけどあの後どうなったか単純に知りたい」

彼女は口元を微《かす》かに震わせていた。

現実に引き戻すようにして、行き交いのない道路を車が走り過ぎていった。いつの間にか、無意識に立ち止まっていたのだと気付いた。

「お兄さんの気持ちはよくわかりましたが、人違いです」

「そうか」と俺は継いだ。「なら悪かった。すみません」

「いえ」

目を潤ませた彼女は苦しそうに息を吸うと、それでも証明したいことがあるかのように続けた。

「でも、私はその女性にだって幸せになる権利はあると思います」

「権利って?」

我ながら呆れるほど不機嫌な声だった。

彼女は叱られた子供みたいに、「ごめんなさい。わかりません」と答えた。そして黒目に映る情報を逃さないように焦点を合わせて、ゆっくり訴えた。

「でも、だから求めるんじゃないんですか。人は——人を」

表情には虚しさを孕《はら》んでいて、哀しみの相がくっきりと浮かんで見えた。

ふいと百花のことが頭を過ぎった。無尽蔵に性を欲する彼女は、下心で蝕まれた哀しみを今後手放すことができるのだろうか。血肉を貪って骨の髄まで男を食い破り、腹を満たせたとしたら、モンスターから慰めを必要としない人間の姿に戻れるのだろうか——。


互いに沈黙を埋め合わせようともせず、時間が停止したように立ち尽くしていた。やがて点滅する信号まで彼女が駆けて渡り、おやすみなさいと言って立ち去ると、後に続いて帰る気にもなれずに彼女が言う権利について考えてみた。生きている限り誰もが平等に幸福を求めるのは当然で、敢えて声に出すなんて馬鹿げている。しかし誰も取り成すことをせず、一方的に怒りを吐き出したり醒めて無関心を装ってきたから、我が家は破綻したんじゃないのか。

そんなん知らねえよ。もはや素面の頭で、呻くみたいに独りごちた。

底冷えした身体を探ってスマホを取り出し、電話帳から浜松の叔父を検索して呼出音を鳴らした。機械音を聞きながら探偵事務所の金を工面して貰うための文言を考えていると、すぐさま留守電センターに転送された。夜中なのだから仕方がない。眠っているのは当然だ。

何もかもが煩わしくなって割れるほどの声を出した。胸を刺し貫かれる思いを振りほどくべく、親父に悪態をついたつもりだった。この責苦こそが、認知症で家を出た父に捧げる、唯一の餞《はなむけ》だとも思った。

第四章　義兄

「時々、自分自身が怖くなるときがある。明日の私は、今日の私ではなくなってしまうのではないか。変化しないで居ることは、不可能なのではないのか。そう思うと、無性に恐ろしくなるんだ。自分の中にいる、別の自分が頻繁に顔を出し、私の家族と知らないところで会話をしている。だがね、人間なのだから仕方がない。いま思えば、彼女と接しているときの私は、ずっと家族の知らない私として会話をしてきた。母さんや子供たち——勿論、君にもすまないとは思うが、彼女と居るとひどく心地が良かった。父親としての不甲斐無さや、人としての不道徳すらも洗い流してくれるような、そんな気さえしていた。あれは何時《いつ》だ。准が幼稚園ぐらいのときだったか、テーマパークに連れて行ったことがある。准は緑色が好きで、ミルクでもチョコレートでもなく、抹茶のソフトクリームを食べたがった。真冬だというのにアイスをだらだら溢《こぼ》し、嬉しそうに頬張る准を見ながら、彼女は笑っていた。准くんが子供ならとても素敵ね、と言って。経済的な余裕はなかったが、衰えていくだけの人生に嫌気が差していたときに産まれた准のことは、よく面倒を見た。可愛がった。だから隼人や香織に比べて甘やかしてきた自覚はあるし、まだまだ子供だとも思う。手がかからずに社交的ではあるが、家族内で一番臆病で繊細な末っ子に対して愛情が偏り過ぎていたことは反省している。だがしかし、私はこの先すべてを手放すことになるだろう。事故を起こした瞬間、ふいに今までの自分が押し寄せてきて言ったんだ。もういいではないかと。何が、とは思わなかった。ああ、その通りだ。この何年間、私は許されたくてずっと後悔を抱いてきた。ならばこれから生涯を終えるまで、家族や彼女の幸せを精一杯に念じていこう。犯した罪を告白し、許しを請い、健やかな眠りにつこうと、いまはそう思う――」

そう言って、お義父さんは笑った。頼むから帰ってきてくださいと懇願してみたが、お義父さんは忽《たちま》ち行方を晦《くら》ましてしまった。悲壮な心持ちを抱えたまま、残影すらも引き上げて行った。

僅かに目を開けると、薄暗い部屋に淡く陽が差し込んでいた。まるで何事もなかったみたいに香織は眠っていて、光の粒子に背中を支えられているように見えた。

あの晩触れた、香織の切迫感が忘れられずにいた。怯えとも飢えともとれる表情は、交際に至って三年、結婚して二年、五年間で一度も見たことがないものだった。妻の困惑を受け入れ、手を差し伸べるのが、夫の務めなのは承知している。だが欲求が湧いてこずに、どうしたら良いかわからなかった。

そっと起き上がり時計を見た。八時過ぎだと普段ならば家を出ている時間だが、今日は土曜日なので問題ない。再び枕に頭を押しつけて瞼を閉じた。しかし頭はすっかり冴えていて、継続的に流れる空白を持て余し、部屋を出た。

人気《ひとけ》のない台所は冷え冷えとしており、スウェットの身が縮こまった。わざと腕を大きく上げて背伸びをし、身体を動かすと、食卓の上にグラスが置きっぱなしにされているのに気付く。誰かが口をつけてそのままにしていることを、香織はひどく嫌がった。しょうがないなと独りごちて、スウェットの袖を捲って水道を捻《ひね》る。そこにチャイムが鳴った。誰だこんな早くに。少し迷ったがグラスを流しに置き、玄関に向かった。

「あ、おはようございます」

戸口から顔を出すと禄朗くんが立っていた。捉えどころのない表情で僕を見て、さも驚いたように声をあげた。

「あれ、お休みですか？」

「だって土曜日だから」

「ですね、すんません」

と禄朗くんが笑った。

「隼人くん？」

何故こんな朝早くから彼と二人で立ち話をしているのだろうと、いささか返答に困って咄嗟に訊ねた。

「まあ、そうっすね」

「なら上がって」

家に入れると、禄朗くんは慣れた動作で台所へ向かい、何食わぬ顔で「ビールいいですか？」と冷蔵庫を開けた。

挨拶をした日から、禄朗くんが連絡なしに突然やって来ることがとても増えていた。それを隼人くんは代わりに詫びてくれたが、この家は隼人くんの家でもあるし、僕は迷惑とは言わなかった。多分いままでも遊んでいた流れで、禄朗くんが家を訪れることは頻繁にあったのだろう。お義父さんの手前もあるし、隼人くんなりに気を遣ってきたのだと思う。

禄朗くんが食卓の椅子に脚を上げて座り、楽な姿勢で身体を崩すと、僕はどこに腰を落ち着けていいかわからずに、また同じような言葉を投げかけた。

「隼人くん、呼んでこようか？」

「あ、いいすよ。昨日遅かったんで」禄朗くんは飄々と続けた。「たぶん寝てんじゃないすかね」

「そうなんだ」

「結構」と、禄朗くんがグラスを傾ける手ぶりを繰り返した。

「酒?」

「日本酒とか。隼人くん、ガンガンちゃんぽんしてて」

「だいぶ呑んだんだ?」

苦笑すると、禄朗くんが噴き出した。いかに昨晩楽しんだか、それを思い出すと我慢できない。そんな様子だった。

「まあ、でもアルコールの分解早いだけで、俺のが弱いんすけどね。隼人くんよりも復活が早いだけで」

「へえそう」

「だらだら呑み続けられるっていうか。鍛えてるんすよ。おかげで店に吸い上げられるばっかりで、全然金ないんですけど」

お道化た調子で、禄朗くんは食卓にある缶ビールを口に含んだ。舌で味わう暇もなく、喉まで一瞬で到達するような飲みっぷりが、その鍛え方を物語っていた。

「じゃあ今度飲もうよ。奢るよ」

「お、隆司さん、さては強いですか?」

「うーん、普通?」

「それ、強い人が言うやつだし」

禄朗くんが大袈裟に肩を揺らして笑った。それにできるだけ柔らかく訂正する。

「ほんとに。何やっても、どれもそこそこだから」

「何すか。俺なんてすごい偏ってますよ」

「でも僕は遊びが足りないんだよな。だから面白くもないし、要領も悪い。上手に物事を進められる人が羨ましいよ」

釈然とせずに首を傾げると、禄朗くんは堪えきれないといった表情で、脚を叩いて豪快に息を漏らした。そして身を乗り出し、奇妙な声を上げて言った。

「隆司さん、逆でしょ、逆。それこっちが言いたいやつだから」

その笑いに、羨望ともつかない笑みを湛えた。弁が立ち、人の懐に入るのが本当に上手いと感服する。おかしな言いまわしになるが、彼みたいな人間になりたかった。必要以上に責任を感じ、気を配りすぎて神経質になる自分からしたら、禄朗くんの奔放さは理想だった。周りに対しての迷惑や、他人を傷つけない過度な配慮など、徹底的に排除して不真面目になろうとしたところで自分には向いていない。逆に罪悪感や虚無感に打ちのめされ、しんどくなるのが目に見えていた。

「いいなあ」

我ながらつまらない男だな、と羨み嫉むように苦笑し、うっすら感傷を覚えた。

「何がですか？」

「だって禄朗くん好かれるでしょ？　女の子に」

「それはあながち、そうっすねえ」

「ほら」

「やめてくださいよ。そんな女好きみたいな」

満更でもなさそうに、禄朗くんは口を歪ませた。

「そうは言ってないけどさ。いいじゃない、心に余裕があるみたいで」

「余裕あるのはそっちですって」

「ないよ。やめてよ」

そんなものどこにもないと否定してみせた。どこかにあるのだとしたら教えて欲しいぐらいだ。

互いに息を吐き切るように笑い、話題が尽きると、禄朗くんは露骨に憂鬱そうな顔をした。そして、女侍らせるぐらいしか愉しめることなんてないんでと続けた。

「田舎なんて、過疎で娯楽も少ないから。暇なんですよ、みんな」

僕は苦笑することしかできなかった。

十三時になって同僚の見舞いに向かった。事務まわりを一手に引き受けていた同じ部署の女性で、耳の裏側に親指ほどの腫瘍が確認され、いつ悪性に変わるかわからないため摘出しておこうとなったという。入院期間から考えて長期療養というわけでもなかったし、本人の状態によっては個人で行くと精神的負担をかける場合もあると懸念していたが、暇だから来て欲しいと言われたので行くことにした。

病院は職場から数十分の場所で、通勤で使う駅の二つ隣にあった。入院棟の受付で部屋番号を教えられ、大部屋に向かうと、彼女は窓際で《ハワイ》と印字された旅行雑誌を読んでいた。僕の来訪に気付き、寝転んでいた身体を起こして、彼女は化粧気のない素顔を見せるのを照れ臭そうに笑った。術後ということで左耳下は痛々しく腫れ上がっており、テーピングが施されている。先ほどまでドレーンの管が入っていたらしい。

椅子を出して腰を掛け、部署からの見舞いで持参したハーバリウムの丸い瓶を渡した。花の水換えなどもいらないし、短期入院には丁度良い。生花やお菓子は貰っても困るだけ、という女性社員の鋭い指摘で選ばれた小瓶のインテリアフラワーは、殺風景な病室で太陽の光を受けて、独特の透明感を放っていた。それを彼女は赤みが差した眉毛もない顔で、うっとりと見つめていた。化粧しているときより随分あどけなく、好感が持てるものだと僕は思った。

僕らの勤務先は地方にある食品メーカーの多くと同じで、生産工場にオフィスが併設されている会社だった。大手でブランド力のある企業のため、福利厚生も充実しており、クレーム対応など突発的な何かがなければ、休日出勤や残業は殆どない。満員電車に揺られ、常に何かに急かされて働いていたベンチャーのＩＴ企業での営業職よりも、基本的にゆったりしていて働きやすかった。地元貢献にも積極的で、地域の人々、企業同士の結びつきなども実感でき、狭い部署ではあったが社員同士の繋がりや助け合いの精神も強かった。お義父さんの介護を優先する上でも、最適の環境だと感じていた。

そのため新婚である彼女の話をよく聞かされていた。結婚式の二次会には他の社員ともども出席させて貰ったし、彼女を祝って翌日の朝まで呑んだくれた。おそらく退院後に夫婦でハワイに行こうと旅行雑誌を読んでいたのだろう。それが初々しく、南国で跳ねまわる二人の姿に思いを馳せた。

入院中は治療に専念して貰って、業務を思い出させるのは止《よ》そうと考えていたのに、彼女は療養生活の退屈さによる鬱々とした日々をぼやき、ひどく職場に還《かえ》りたがった。食事が不味いことから始まり、同室の女性が豪快な鼾をかいて眠れないことや、廊下にまで排泄物の臭いが漂うこと。夜な夜な大きな声で、看護師にトイレに行きたいと繰り返し叫ぶカナリアみたいな高齢者など、話題は多岐に渡った。それらを入院生活の経験がない僕は、興味深く聞いていたが、彼女はふいと嘆き悲しむように、「人間が人格を手放してしまった瞬間を目にするのは恐ろしいから」と漏らした。「人間が人格を手放すとどうなるの？」と、僕は疑問に思い訊ねた。それに彼女は眉をひそめて、お気の毒だけど――とでも言いたそうな口調で、「どうにもならず、後は崩れていく一方なんじゃないですかね?」と答えた。その言葉が鼓膜に吸い込まれていき、お義父さんのことを咎められたような気がした。

彼女の夫が着替えを持ってやって来たところで、この話題は終わった。結婚式でタキシード姿だった彼は、妻の退屈凌ぎになる相手の来訪をとても喜んでいて、復帰したら盛大に快気祝いで呑みましょうと言ってくれた。

病室を後にして会社からの帰宅時と同じ路線の電車に乗り込んだ。通勤ラッシュ時とは違い、休日特有の惚《ほう》けた穏やかな表情をしている人が多い車内で、狭くて窮屈な座席に身を縮めた。意地悪にひとりひとりを気が利かないと醒めた顔で見つめ、空気が読めない非常識な乗客たちと決めつけて、なるべく考え事を放棄しようと目を瞑った。院内での光景がお義父さんに重なり、香織に何も告げずに家を出てきてしまった後ろめたさが、早く帰らなくちゃいけないと自分を急き立てていた。

お義父さんの失踪から数えて十三日目、二度目の週末だった。

夕飯の買い出しに行ったスーパーで報せを受け、急いで帰ったのが当日。そして准くんが帰省して、少し遅れて彼女がやってきた。植物を植えていない庭に寒肥《かんごえ》を行い、換気扇を磨いてオーブンでグラタンを焼いたのが先週のこと。平日には職場に向かい、取引先の問屋や小売店、飲食店の店頭に置くポップや陳列方法を提案したり、自社商品のマーチャンダイジングを組んで帰宅した。当然警察には届けておらず、声にすることこそしなくなったが、香織は動揺したままでいる。事態が大きく変化することなく今日を迎え、午前中には何の前触れもなしに禄朗くんがやって来て、午後には同僚から人格を手放す人間の話を聞かされた。

衝撃的な出来事が、この数日間を残酷に漂泊しているみたいに感じられた。ありとあらゆる事柄が必然のようでもあり、形容できない妙な感覚で、突如家族の根底を掘り崩そうとしていた。またそれらの多くは、香織をひどく傷つけているようでもあった。

東京を出て二年、見知らぬ土地に越してから多くの時間を香織を理解することに使ってきた。受動的なのに攻撃的で、何かあったかと訊いても、不機嫌に「何も」や「話したくない」と答える。これ見よがしに哀しみを主張してきては、心を閉ざし、無言で日々過ごすことを得意とする。だからお義父さんのことにしても、他所で何か言われるのを彼女は耐え忍び、平気なふりをしているに違いなかった。

それに禄朗くんが愚痴っていた田舎の閉塞感に近いかもしれないが、噂が広まるのは驚くほど早かった。お義父さんの失踪が拡散され、余計な詮索を受けたり、要りもしない忠告や助言をされる。スーパーで買い物をするにしても、皆が顔見知りの中で、格好の餌食になっているのは明白だった。噂話に苛立ち、日常が地続きの相手に、何でも知りたがる性質は悪と同じだ、と言ってしまえれば楽になれるのに。香織の立場に立つと、行動範囲や交友関係が狭い田舎でのプライバシーのなさに辟易しているであろうことも、どうにも言いづらいであろうことも容易に想像できた。

頭の奥が疼き、得も言いようがない堪らなさが纏わりついて、離れそうになかった。喉が渇いて、身体が空腹でぽっかりしている。そこで僕は昼食を食べ損ねていることを思い出し、最寄りの駅に着いて立ち食い蕎麦屋に入った。

何か腹に入れようと暖簾をくぐった構内にある立ち食い蕎麦屋は、とっくに昼時を過ぎていることもあって、客は僕だけだった。食券販売機で目についた春菊天そばを注文すると、店員は手際よく蕎麦を湯に通して、出汁を器に注いで天ぷらを載せた。汁が染みた作り置きの天ぷらに満足感を感じながら、バスに乗る前に夕飯の買い物をしようと献立を考えた。

週末は僕が夕飯を作るのが、すっかり習慣になってしまっていた。お義父さんと同居してすぐの頃に、自分で作ってもご飯が美味しいと思えない、と訴えてきた香織の負担を少しでも減らしたくて始めたことだったが、いまでは愉しみの一つになっていた。栄養バランスを考え、買い出しに行って食材を選ぶ。それは苦痛ではなく、むしろ僕には合っていることを実感していた。

振り返れば、自分のやれることは何とかする癖がついていた。父が死んでから女手ひとつで育ててくれた母は、親からの反対を押し切って結婚したため、親族に頼れる人が誰も居なかった。そんな母をできる範囲で助けたいという思いが強く、自分の食べるものは勿論、食後の皿洗いや洗濯など、やれることは自力で行っていた。母に料理を振舞うことも少なくはなかったし、一家の家計を支えたいと、早めに働いて自立してきたつもりでもあった。

そのせいもあって人を頼るのが苦手だった。仕事でも私生活でも、相手を頼ったり相談したりすることが下手くそで、甘えることができずに全部自分で背負い込む。しっかりしていることを褒められてきた子供の頃と同じで、心だけが小さな範囲を抜け出せずにいた。そんな自分の生真面目さが憎らしかった。

だから三十七歳のときに、顔見知りの市役所職員と母が再婚するまで、自分の結婚を意識することがなくなっていた。穏やかな微笑みで頬を緩ませ、新しい生活について語る高齢の母に安堵し、ようやく自分の生活を考えようという気になった。そんな折に出逢ったのが香織だった。

香織は僕の生い立ちに同情し、いつも褒めてくれていた。そして自身の至らなさを謝り、最後には、「あなたに見合うだけの妻になれるのかな」と心配そうに付け加えた。でも僕にとっては、香織が傍に居てくれるだけで良かった。充分満たされていたし、それだけで心強いとさえ感じていた。そうでなければお義父さんとの同居も断っていたし、結婚なんてせずにありきたりな理由で別れていたとも思う。

蕎麦屋を出た後、駅ビルに併設されたスーパーを歩き回って食料を調達し、バスに乗った。

帰宅すると、香織は自室で横になっていた。頭痛がすると言うので、「無理しなくていいよ」と言い添えてコートを脱ぎ、台所に下りて手を洗った。料理に取り掛かろうとシャツの袖を捲り、しょうがを洗って皮つきのまま薄切りにした。ねぎはぶつ切りにし、鍋に鶏肉と水を入れて強火にかける。沸騰したらゆで汁を捨て、さっと肉を水で洗い、また水を加えて強火にかけて、沸いてきたら三十分ぐらい弱火で煮る。しょうがと鶏のスープを煮込む間に、フライパンにごま油を熱し、筋を取ったスナップえんどうとすりごまをさっと炒め、副菜を作った。

黙々と料理していると、准くんが食卓の脇に立っているのに気付いた。そして意外そうな顔で見ている。

「めちゃくちゃ手際いいですね」

「炒めものなんて誰でも手際良くやれるよ」と、動きを止めて訊ねた。「准くんたちはどうする。食べられそう？」

「そうですね。今日は、はい」

「それは良かった」

「隆司さんが作ってくれたんじゃ食べないわけにはいかないんで」

「そんなこと言って、先週も同じように言ってたじゃない」

そう言ってみると、准くんが屈託なく笑った。

冷蔵庫から麦茶を取り出して、准くんに飲むか訊いた。准くんは頷いて、頂きますと答えて食卓に座った。

グラスに麦茶を注いで差し出し、僕は火を止めて洗い物に取り掛かった。スポンジの角がささくれ立って泡立ちが悪くなっている。そろそろ交換時なのかもしれない。

「姉ちゃんは？」

「上で寝てるよ。頭痛いって」

「ああ」

「香織、負けん気強いじゃない。ああ見えて繊細なくせして」

「まあ、そうですね」

「もう少し肩の力抜いてくれるといいんだけどね」

「ほんと。だから助かってます。隆司さん居てくれるんで」

「それぐらいはさあ。俺たち夫婦なんだし、わかんないと」

取り立てて感謝されることではない、と謙遜して苦笑した。それに准くんが続けて、いやいやと笑った。だが次の瞬間——微笑を湛えていた口元を引き攣《つ》らせて、准くんは呼吸を忘れるような痛々しい言葉を継いだ。

「うちはあんな親父の面倒看て貰ってただけでも有難いですけど」

気遣いの色を滲ませた。感謝の言葉だとは理解していた。しかし受け流すことができずに、しばらく口をつぐんだ。反射的に口角を上げ、それを受け止めようと緩やかに息を吐いた。

「過去形になっちゃうの?」

「え?」

「お父さん。面倒看て貰ってた、って」

「それは――」と、准くんが閉口した。

「まだやめとこうよ。身内なんだからさ。それに、お義父さんのこと看てるとか、そういうつもりは全然なかったから」

准くんはそれ以上何も言わず、食卓の天板に視線を落としていた。

第三者が余計なことを言ったかもしれない。申し訳ない気持ちになって准くんに頭を下げ、今朝夢で見たお義父さんの姿を思い浮かべた。夢に出てきた食卓では、「おかえり」と香織と隼人くんが声をかけ、斜向《はすむ》かいには准くんが座っていた。なのにお義父さんはうら寂し気に、ただ黙ってそれらを見つめていた。

この家族は、きっとひどく不器用なのだ。その上、感情を言葉に託すのが上手ではなく、そのため互いに反発し合って、過剰に傷つけ合ってきた。結果、微妙な距離感でできていた家族は、僅かの衝撃でも耐えることが難しくなり、脆く、崩れ落ちそうになっている——そんなの寂しいではないか。

この家に置いて貰っている者の資格みたいなものを試されている気がした。家族の傷に触れるべきか迷ってきた自分への、覚悟のような、戒めのような、義務。

逡巡して、僕は尖った喉仏を上下して動かした。

「実はさ、今朝お義父さんが夢に出てきたんだよ」

「そうなんですか」

「この食卓で座ってて。准くんも居たんだけど、手に抹茶のソフトクリーム握ってたよ。すごく寒いのに」

「やばいですね、それ」

息が抜けたみたいに筋肉が弛緩し、二人して力なく肩を揺らした。

二階に意識を馳せ、人気がないことを確認する。いつかと思っていたが、いまがいい。これは香織には聞かせられない話だ。

「あのね、これは香織にもずっと黙ってたんだけど。一度だけお義父さんに謝られたことがあるんだよ」

「え」

准くんが声を漏らした。意外という顔つきだった。

「自分のせいで家族を壊してしまったからって。僕に話すときに償うような顔してさ、准くんと行ったテーマパークの話をしてた。年甲斐もなくはしゃいで、准くんも楽しそうで。自分は何考えてるかわからないって気味悪がられることの方が多いけど、どっかって言うと、准くんはお義母さんに似て人懐こかったって。病気のせいかどうか、それは僕にはわからないけれど、遊びに行ったことを懐かしんで言ってたよ。あと緑色だから抹茶が好きだったって」

狭量で頑固な優しい父親に対し、滾々《こんこん》と湧き出てきた感情で、准くんは眼鏡の奥で目を水っぽくしていた。いや、そう見えただけかもしれない。

「ごめんね」

「いや、ほんとありがとう御座います」

淡々とした口調で言葉が交わされ、こわばっていた空気が和らいだ。

「お義父さん、見つかるといいね。ほんとに」

あまり内心を打ち明けることに長けていない者同士が何を喋っているのだ、と自意識過剰な考えが頭を巡った。

するとどこか探るように視線を投げかけてきて、准くんは僕に訊いた。

「隆司さんは、うちの親父のこと好きですか?」

「お世話になった人なんだから好きに決まってるじゃない」

言わずもがな、と僕は思った。

それを静かに聞いた准くんは、そうですねと継いだ。鶏肉を煮込む鍋の音に、かき消されてしまいそうな声だった。

十二時過ぎになって諦めて布団に入った。

結局、香織は自室から出てくることはなく、夕飯は准くんと彼女の三人になった。大量に残った鶏肉を鍋に残し、シャワーを浴び、珍しくひとりで酒を呑んだ。悠々と風呂を沸かして寛《くつろ》ぐ気には到底なれなかった。

ベッドに向かうと、香織は眠り続けていた。手が届く範囲に身体を横たえ、寝返りを打つと、互いに向き合っているのに距離が遠く感じる。

ふいに香織の孤独を煽っているのは自分なのではないかと、胸の奥がつっと蠢いた。幸せにすると誓って結婚し、香織を満たしてあげたいと思う反面、愛を確かめる行為が排卵日合わせの営みに変化したことに抵抗があった。毎朝基礎体温を測り、食事に気をつけ、月経周期を計算する。それに加えて夫婦なのだから心咎めもないのに、階下でお義父さんが寝ていることや、隼人くんのことを考えると、後ろめたさを覚えずにはいられなかった。他の家族に配慮し、慎重に躰を重ね、声を抑えて彼女を抱く。悦びや満足を得るための多幸感を重視する交わりではなく、果てた先にある夫婦の義務だけが、互いの躰を必要とする感覚になっているように感じていた。

性交渉に違和感を持ち始めた僕に、香織は当然勘付いていた。そんな状態でお義父さんの介護をさせていたのは、随分と酷だったと思う。調子が悪いと恐ろしい形相で喚き散らし、もはや何を言っているのかわからない状態のお義父さんは、妄想のせいか思考が崩れてしまうと何かにひどく怒り、不安に怯え、苦しんでいた。だから僕は、人格まで変わってしまったかのようなお義父さんの姿を目にする度に、傷つく香織を慰めた。極力感情を押し殺し、努めて冷静に対処する。頼りがいがあると思われたい。そう願えば願うほど、疲労感は蓄積し、排卵日になると鬼気迫った様子で迫る妻に、本能を曝《さら》け出せず食傷気味になり悪循環にはまり込んでいた。それでも、どうしていいかわからなかった。

目をぼんやりと見開いて、摑み切れない静寂に身を落とした。お義父さんは今夜も夢に出てくるのだろうか。そう考えると上手く眠れずに、ただ遣る瀬無さが増すばかりのような気がした。

眠ったのは、窓の外が明るくなってからだった。だが八時過ぎには目を覚ましてしまい、体内時計の正確さに自分でも呆れた。

昨晩、無数の言葉を編んでは解いていたにも拘《かかわ》らず、不思議と頭はすっきりしていて、開き直りにも近い感情が漲《みなぎ》っていた。それは決意のようでもあり、第三者として家族に関わる上でのけじめでもあった。本当に家族を受け入れるならば傍若無人ぐらいで自分には丁度良い。香織に対して赦せることも赦せないことも、自分なりに引き受けよう。そう自分に言い聞かせた。

やかんを火にかけて湯を沸かし、目紛《めまぐ》るしく躍動する胸の内で、〝簡単なことじゃないか〟とつぶやきが漏れた。そしてインスタント珈琲を淹れて、食卓でひとり啜っていると准くんの彼女が起きてきた。

「おはよう御座います」

彼女は柔らかそうなコットンセーターに細身のジーンズを穿いて、大方の身支度を整えた状態で洗面所に向かい、歯を磨き顔を洗っていた。

「早いね」

声を掛けてきた彼女に言葉を返した。これから東京に戻ろうと考えているらしい。

「そうか。明日は月曜だもんね」

「もう少し滞在して、何かお役に立てれば良かったんですけど」

「こちらこそ、一週間も有給遣わせちゃってごめんね」

「とんでもないです」

そう言って彼女は笑った。相変わらず、慈愛に満ちた顔つきには、相手を安心させる力があった。それに僕は知らぬうちに微笑んでいた。

「また来て。夏になれば祭りとか、もう少しこの辺りも賑わってるはずだから」

「はい」

穏やかに彼女は返事をした。准くんには言わないだろうが、彼は幸せ者だ。こんな娘が彼女なんて、と朗らかに口元を綻ばせる彼女を見ていて思った。

きっと夏も近づけば、少しはこの辺りも賑わっているはずだ。風物詩になっている夜店も出るだろうし、揚げ手が花火の筒を抱えて巨大な火柱を打ち上げる手筒花火も始まる。いまよりは楽しめるはずだし、この家にも香織にも彼女をもてなす余裕ができているに違いなかった。

遅れて准くんが下りてきて、寝ぼけたまま寝ぐせの付いた頭を直していた。それを愛おし気に彼女は見つめて、優しく笑って会釈をすると、先に部屋へと引き揚げていった。

僕はこれと言ってするべきこともなく、洗濯機をまわし、気が逸《はや》るように夕飯に何を作ろうかと思案していた。香織がもう少し横になっていたいと言うならば、昼飯も作ろう。冷蔵庫の余りものをやっつけてしまえばいい。そう考えて具体的な献立を練った。

しばらく階段の行き来を繰り返していた准くんが着替えを済ませて、ようやっと食卓に腰を落ち着けた。スマホで最寄りのバス停の時刻表を検索しているのを横目で眺めながら、随分便利な時代になったものだと感心する。そのときチャイムが鳴った。

玄関に向かうと禄朗くんが顔を出し、昨日の光景をなぞるみたいに食卓の椅子に楽な姿勢で座った。午前中から他人の家に躊躇なく居座れる禄朗くんに対して、准くんは開いた口が塞がらないとでも言いた気に唇の端を歪めた。そしてスマホを一度食卓に置き、禄朗くんに憎まれ口をたたくと、禄朗くんも禄朗くんで何段階もギアを上げたテンションで、「こうやってこの家いるだけで満足なのよ」と返しを入れた。

それに意地悪そうな顔をした准くんが、冗談めかして言った。

「迷惑な人だなあ。何ですか、また兄貴と漫才でもやるんですか？」

「それはやんないって」

「禄朗くん、漫才なんてやってたの？」

初耳だった。驚きが、そのまま口を衝いて出た。

「まあ、ちょろっと」

「そうなんだ」

「やってたって言ってもガキの頃ですよ」

「へえ、どっち？　ボケ？　ツッコミ？」

「ツッコミです」

「意外。禄朗くんはボケだと思ってたから」

「ちょいちょいちょいちょ――い」

と禄朗くんが大きな声を張り上げた。そして腰掛けていた椅子から身を起こし、手を直角に振り下ろした。

「もう、やらせないで下さいよ」

再び椅子に座り直し、禄朗くんは満足気にほくそ笑んだ。その振舞いが滑稽で呆気にとられるぐらいだった。

まるでお笑いだな。禄朗くんも、僕も。口を衝いて出そうになる言葉を押し留めて、誤魔化すように継いだ。

「禄朗くんは気軽だよねえ、ほんと」

「まじ、何ですか」

「やっぱり漫才でも役割とかあるの？」

「そうっすね、隼人くんとだと俺がネタ書いたりして」

「そうじゃなくてさ。あるじゃない、他人からどう見られているかみたいなやつ。自分はこういう人間だから、こうツッコまなくちゃならない。相手はこういう人間だから、こうボケてもらおうみたいな」

「まあ、キャラじゃないことやっても上手くいかないんで」

唇の端を右に吊り上げて、禄朗くんは皺《しわ》を刻んだ。

「ツッコミはツッコミ、ボケはボケ？」

「勿論そうじゃない漫才もありますけどね。でも、わかり易い方が好かれるじゃないですか。流行を見てると」

　どこまでも自由に物事を捉えている。恐らく多くの人間が彼の言う通り、見た目通りの人格を求められていて、そこから逸脱すると煙たがられ侮蔑されるのだろう。それを恐れて、僕は他者に対しての迷惑や、責任を考えてきた。肩の力を抜けと言われようが何をしようが、家族を守ることだけを優先して考えてきたつもりだ。頼りがいのある夫や義兄として、自分の憎たらしい生真面目さと向き合いながら、肥大化したコンプレックスを抑えてきた。しかし彼のように振る舞えたら——罪悪感と決別し、遠慮なく妻を抱き寄せられることができるだろうか。

　羨み嫉む感情は、やり場のない気鬱へと姿を変えていた。僕は薄く顔を歪ませた。

「人もそうだもんね」

　殊勝な声になった。それに禄朗くんはいたずらめいた笑みを浮かべると、大仰に周囲に目を走らせた。

「香織は？」

「まだ上だけど」

「あいつう。俺がいってきましょうか？」

「いいよ。疲れてるみたいだから」

　やんわりと遠慮した。すると目を眇めて、ちらりと禄朗くんが僕に視線を向けた。

「隆司さんって、ほんと優しいですね」

羨望と嘲笑が交じったような口調で禄朗くんが言った。

「何でよ。そんなことないって」

「でも、怒らないでしょ。何でも穏便に済ませてくれそうじゃないですか」

「どうだろう。わかんない」

意地悪な目つきは、相手の弱点を難なく探り当て、もれなく手中に引きずり込もうとするようだった。それがこの男の恐ろしさだな、と咄嗟に笑みを溢した。

ふと、誰かが家に入ってきた気配がした。何者かが金属製のドアを開けて、外のざわめきを運んで、近づいてくるのを感じた。

「親父さんじゃない?」

禄朗くんが軽口で言った。

いや、でもまさか——僕と、准くんは、空気の動きに身構えた。頭をもたげた禄朗くんへの警戒心など、瞬く間にすっぽ抜けたみたいだった。

だが、期待は一瞬だった。

違った。

現れたのは、隼人くんだった。

手にはコンビニ袋をぶら提げ、もう片方の手では棒状のアイスを握って、台所に現れると吸いつくように注がれた視線に、戸惑いの色を見せていた。少し背を丸めた姿勢でアイスキャンディーに噛りつき、鼻の穴を膨らませている。それが動物か何かに見えて、禄朗くんが肩を揺すって爆笑した。

「何だよ」

不機嫌な隼人くんに対して、禄朗くんが膝から崩れた。抑えても抑えても笑いが止まらない、そんな様子だった。

「すごい顔してた。ゴリラみたいな、ね。隆司さん見た？」

「まあ」

何でもないことを、何故こんなに大きな口を開けて笑えるんだろうか。彼のような気分には、なれそうにもなかった。

儚い灯火のような奇跡に、胸の底を昂《たかぶ》らせた。しかしお義父さんが帰ってくるという期待は、揺さぶられるだけ揺さぶられて、ふっと燃え尽きてしまった。しっかりした言葉が出てくるのに、もう少し時間がかかりそうだった。

「隼人くん。いまの顔、最高。ほんと絶妙な感じよ」

「うるせえよ」

ふたりのやり取りに、准くんは複雑な笑いを浮かべて訊いた。

「コンビニ？」

「おう」

と、隼人くんが相槌を打った。すると閃《ひらめ》いたように食卓にコンビニ袋を広げた。

「あ、アイス食わね？」

コンビニ袋から開封された箱アイスが覗いた。個包装された袋は白く曇っていて、先ほどまで冷凍庫に入っていたことがわかる。渋い色をした、小豆と抹茶だった。

「当たったんだわ。七百円以上買ったら」

「何だ。隼人くんがわざわざ金出して買ってきてくれたわけじゃないのね」

「うっせえよ。お前は」

「俺、小豆――」

禄朗くんが小豆色のアイスキャンディーをひょいと取った。

「隆司さんは？」

呆然と眺めていると、隼人くんが気を遣って訊ねる。

「ああ、ありがとう」

そう言って箱の中に手を伸ばし抹茶を摑み上げた。袋を破って口に運ぶと、甘さが冷たく染みた。

「准は？」と禄朗くんが訊いた。

「俺はいらないや」

「何で?」

「いや、今いらないから」

「お前、こんなに隼人くんがくじ運いいことないよ。毎回パチンコ負けまくってるのに」

「それは関係ねえだろ」

ふざけて騒ぎ立てる禄朗くんに、隼人くんが不快そうな声を出した。

アイスキャンディーを頑なに拒んだのが気になって、准くんを見た。しげしげと視線を送ってみたが、角度的に眼鏡の奥まではわからなかった。

そこに准くんの彼女が下りてきた。帰り支度を終えて、抱えていた重そうな荷物を腕に持ち替えながら、台所の戸口に立ち愛想のいい表情を弾ませた。

「すいません、お邪魔しました」

「え、彼女?」

「そうだけど」

大袈裟に反応する禄朗くんに、准くんが素っ気なく答えた。すると禄朗くんは唇を舐め、熱を上げるように続けた。

「可愛くない?」

興奮を宿した、異様な目の輝きだった。それに彼女が控えめに目を伏せて、准くんに訊いた。

「もっといればいいじゃない」

「バス大丈夫？」

「まあ、もうそろそろかな」

「えー、帰っちゃうの？」禄朗くんが妙な声をあげた。「もっといればいいじゃない」

「いや、彼女バスあるんで」

「でもさあ」

「すいません。バタバタと」と彼女が目尻を下げて謝った。

「だって俺、全然お話ししてないよ？」

何を言っても響かない状況に、准くんが苛立ちを滲ませた。良く動く舌はそれでも続ける。

「え、アイスいる？」

アイスキャンディーを差し出し、禄朗くんは頬を緩ませて視線を向けた。その興味はあからさまだった。僕らに接するときのような馴れ馴れしさとは違う、得体の知れない滾り。

「ありがとうございます。でも小豆駄目で」

意志を潜めた表情に一抹の不安を覚えたのか、彼女は丁寧に断った。

「じゃあ何が良い？　俺買ってこようか、そこのコンビニで」

「禄朗さん、ちょっと」

と、准くんが制した。だが禄朗くんは続ける。

「いいから、何が良い？　とりあえず言って」

「とりあえずなら、いちごです」

「いちご？」

「准は抹茶で、私はいちごなので。昔から」

「へえ」

「もう行こうよ」

准くんの憤りが声に表れた。

腹の奥で、静電気みたいなぱちぱちした痛みを感じていた。名状しがたい不快感がさざ波立つように渦を巻いて、息を呑んだ。早く終わりにしてしまいたかった。

「わかった。じゃあ、俺が駅まで送ってくわ」

膝を打った禄朗くんが言った。困惑で、彼女が湛えていた笑みを歪ませる。

「いえ、ほんといいですから」

「ちょっと、隼人くん車貸してくれる？」

禄朗くんは食器棚の引き出しを勝手に開けて、車の鍵を持ち出そうとした。それに見かねた隼人くんが低い声で窘《たしな》めた。

「もうやめとけよ」

「いいじゃん。すぐだから」

「お前、うちで変なスイッチ入れんなよ」

「は？」

禄朗くんが素っ頓狂な声をあげて、隼人くんを凝視した。場の空気が重くなったのがわかった。

「何、その本気のやつ」

「お前がしつけえからだろ」

「別に良くない？　誰が送って行っても、そんな──浮気じゃないのに」

「だからさ」

「俺がこの子に手出すわけないじゃんよ。手出したらさあ、もうこの家来れないのわかってるし。俺だってそんな馬鹿じゃねえから。考えてるから」

禄朗くんが語気を強めると、彼女が目を剥くのがわかった。その表情を目の端で捉えて、禄朗くんは嘲るように続ける。

「逆にさあ、この子が俺に来たらどうする？　そしたら俺悪くないよね？」

「いい加減にしろって。何言ってんだよ」

「つうか、ぶっちゃけ隼人くんが送って行きたいだけでしょ？　気持ち悪りぃな兄弟して」

「お前まで」

耳障りなほどの高い声に、隼人くんが歯を食いしばった。しかし禄朗くんは挑発することを止めない。

「ほらそれだ。准、気を付けろ。お前の兄貴が彼女のこと狙ってるぞ」

「ふざけんなよ」

発せられ続ける侮辱に耐え切れず、勢いで唾が飛んだ。すると殴られるのを逃れるために、禄朗くんがふざけた態度で、僕の背中側に回り込んできた。

「隆司さん、隆司さん、止めて。年長者の威厳で止めてよー」

汗で湿った手のひらを握った。そして衝動的に立ち上がり、腹に力が入った。握ったこぶしは禄朗くんの左頬に力強く当たり、彼の身体は弾かれるように流しにぶつかった。その衝撃でシンクの上に並べられていた調味料や調理器具が散らばり、水切りの上の食器が落ちて割れた。

場が沈黙した。もう限界だった。

「何すか」

禄朗くんが訊いた。

握ったままのこぶしを崩せずに、肩で息を切って平静を装った。慣れない行動に喉が詰まり、ごめんと継ぐのがやっとだった。

「一発だけだから」

脂汗が濡れた身体にまとわりつき、不快な熱を感じた。

「は？　何が？」

「いいじゃない。ツッコミの人なんだから、一発ぐらい思いっきりツッコまれても」

禄朗くんを見つめ、震えて掠れる声で言った。

嗤うのをやめて、禄朗くんは睨みを利かせていた。その瞳から視線を逸らし、静かに息を吸って吐き出した。

「ごめんね、吞もう。今度」

と、肩に触れようとした。

しかし一瞬にして腕を振り払い、禄朗くんは床に散らばった調理器具や、調味料を蹴飛ばして、台所を出て行った。

隔たりにある暖簾がぶつかって音を鳴らし、乱暴に玄関が打ちつけられる音が響いた。

誰も、何も発しようとはしなかった。見た目から外れた行動をとった僕は、どう映っているのだろうか。人格を手放したように見えているのだろうか。だとしたら、僕は——どうにもならず、後は崩れていくしかないのだろうか。

ゆっくり流しに近づいて、ひとつひとつの罪を償うみたいに片付けた。足で蹴飛ばされた調理器具や調味料を戻し、割れたグラスの破片を拾い集める。暴力を犯した虚しい自分を赦すために。家族を守れなかった深い後悔や、どこか俯瞰《ふかん》で眺めていた夫婦の問題にけじめをつけるために。気まずくて、申し訳なくて、自分の身体を確かめるために動かした。

ふいに背中を撫でる気配を感じて振り返ると、台所の戸口に香織がたたずんでいた。突き上げる憎悪に瞼をぐしょぐしょに濡らし、目の底に力を入れて見上げていた。

「香織?」

居た堪れないような情けない声が出た。心臓が、こわばって固くなるみたいだった。

「何でうちの家は、誰も何も言わないの」

顔を赤くする香織に、わざと突き放した口調で隼人くんが訊いた。

「何が?」

「はっきり許せなかったって。浮気されてんのが悲しかったって。むかつくなら言えば良かったじゃん——お父さんにも」

いきなりの言葉に、頭の後ろを殴られたようだった。ここでお義父さんの話題に触れるとは、想像していなかった。それは隼人くんも同じだった。

「何で親父なんだよ」

「だってそうじゃん」

「そんなん、言っても仕方ねえじゃん」

「でも家族じゃん。むかつくなら、殴ってでも止めれば良かったじゃん」

「家族でも意味ねえだろ。力任せにやったって」

「だって。だから止められなかったんじゃないの？　うちらは、お父さんを」

感情を溢れさせたまま、香織は必死に言葉を継いだ。それに思い当たる事柄があるからなのか、眉間に皺を寄せて、隼人くんも沈黙した。

身体の芯が切なく痛んだ。自ら犯した行為が引き金となり、家族が言い争うことに視線を落とすほかなかった。すると黙っていた准くんが、静かな声で言った。

「家族だからだよ」

流れ出る膿を見つめるように、傷の処置の仕方を知らない自分を責めるように、准くんは言葉を紡いだ。

「家族だから、みんな言いたくないんだよ。尚更そんなくだらないこと、言いたくないんだよ」

耳に絡まる言葉を、僕は咀嚼するみたいに聞いていた。

突然、意味もなく同僚の読んでいた旅行雑誌が頭に浮かんだ。なだらかに続く海岸線と透き通る綺麗な海が、まるで楽園の象徴みたいに目の奥まで入り込んで——いつか家族を連れて行けたらいい。そんなことを考えていた。

第五章　彼女

誰かに宛てて文字を綴るのは、物凄く久しぶりな気がします。

私たちが子供の頃は、それでもまだ手紙でのやり取りが多少あったけれど、いま家に送られてくるものといえば、光熱費やクレジットカードの明細、あとは買い物をしたお店のダイレクトメールといったものばかりになってしまいました。インターネットやSNSが普及する前の通信手段として、一般的だったのは手紙なのに、何だか寂しく感じるほどです。

准は変わらず元気に過ごしていますか。いま、私は栃木に帰ってきています。かと言って会社を辞めるとか、東京を離れるわけではありません。母親からどうしても帰ってきて欲しいと再三の連絡があり、准のご実家に伺ったときと同じで、短いお休みを頂いて一度戻ることにしたのです。頻繁な有給消化を二つ返事で承諾してくれた上司に感謝しているし、融通が利く職場には頭も上がりません。自分の中でどのような心境の変化があったか訊ねられると説明するのは難しいけれど、とにかく暫くぶりに母親と顔を合わせるために帰省したのです。

前回の帰省から期間も開いてしまっていたし、母親はしきりに薄情な娘が帰省しなかった理由を詮索してきました。当然何も言えず俯いて黙っていたけれど、それでも慶事があったときみたいな上機嫌さで、そんなに嫌な感じはしなかった。おそらく母親なりに気を遣っていたのでしょう。歳をとったのか驚くほど小さくなった母親は、私を飲みに連れて行き、彼氏と引き合わせました。紹介された彼は、三十六歳と母親よりも随分若く、未婚の方でした。そして母親を疎ましく思っていた自分が馬鹿らしくなるほどの好青年で、お母さんは僕が守るから安心して欲しいと息巻いて話してくれたのです。

私は少なからず、母親の幸せを願うような心持ちにさせられました。子供とは言えども、もう社会に出て働いているし、実家を離れて随分と経っています。しかしショックを受けたのは、母親は記憶を美化しているのか、娘は反抗期なんてない良い子だった、と自慢げに言っていたこと。見栄なのか、それとも建前なのか。いずれにせよ、脳が勝手に過去を詐称しているのは間違いありませんでした。

この帰省を、あなたに報告するのが遅れてしまって、申し訳ないと思っています。でも何故だか、面と向かって伝えるのは少し違う気がして、どのように伝えたら自分の抱いてきた思いがあなたにも理解してもらえるのかわからず、戸惑ってもいました。

長くなるかもしれませんし、すでにお兄さんや別の人から訊いていて、あなたが知っていることを改めて綴らねばならないかもしれません。だけど、それでも読んでくれたら嬉しいです。


思えば幼少の頃から、私のことを過剰に支配しようとする母親がずっと苦手でした。感情の起伏が激しくて、思いどおりにならないと苛立ち、自分の常識から外れた人間を嫌って非難を浴びせるモンスターのような母親は、両親にとってただひとりの子として生まれた私を、いつも脅かしていました。躾と言うには度が過ぎた教育は母の期待に応えることが絶対で、テストの点数が悪いと口を聞いても貰えず、友達づきあいに悩んでいても無視をされる。本当はもっと甘やかされたいのに、自分自身も両親から厳しくされてきた母親は、問答無用で苛立ちを執拗にぶつけてきました。

そんな母親を、いわゆる古風な考え方をする家庭で育った父親は、ぞんざいに扱いました。一番偉いのは自分であり、女は常に慎ましく男を立て、素直で忠実であるのが当たり前。有無を言わさず仕事や遊びを優先し、休日でさえ家に居ようとはしませんでした。そのため一家団欒で過ごした記憶も数えられるほどしかなく、母親と二人きりで夕飯を迎えることが当然でした。期待に応えられないと叱るのではなく、ストレスを露わにして、私を捌《は》け口として遠慮なく攻撃する母親との夕飯は、奈落の底のような苦しみを味わう時間でした。食べものをこぼしたり、咀嚼音を立てたりすると、幼い私でもわかるくらいに母親は殺気立ち、怒鳴り散らす。相手が子供であろうが構わずに平手打ちを食らわせ、それが恐怖で、泣きながら一生懸命食事を喉に流し込んでいました。そして決められた時間内に終わらないと赦してもらえず、電気をすべて消されて、真っ暗な食卓にひとり取り残されるのです。だから私はいつも張りつめた空気の中、食事をしていました。緊張のせいでお腹が痛くなっても、母親は娘の身体を案じることは一切せず、当然のことのように夕飯を食べないと殴りました。善悪の判断がつかない幼心にとって、私はあきらかに駄目な子供でした。

そんな生活が、四歳ぐらいのときから小学生に上がるまで続き、私はいつしか母親から逃げ出そうと考え始めました。小学校のテストで良い成績を収めても、作文を書いて表彰されても、褒められるどころか文字の汚さを指摘される。無関心で助ける素振りさえ見せない父親にも、不信感を抱き、諦めの気持ちが増すばかり。そのため辛辣な言葉を浴びせられ続けることに限界を感じ、中学生になり思春期を迎えた私は叫びました。

「こんな家になんて生まれたくなかった」

しかし母親が言い放ったのは、親とは思えないほどの厳しい言葉だったのです。

「だったら死ねば」

自分の存在意義さえ否定された気がしました。ならば何故生まれてきたのだろうとすら疑問に感じ、母親たちにはバレぬように布団で自身を覆い泣きじゃくりました。

その日から時間が経たないうちに、母親と父親は離婚しました。私の意思とは関係なく、親権は母親が持つことで合意し、栃木にある母方の祖父母の家に移り住みました。

出戻ってきた母親への視線は冷たく、何かと肩身の狭い思いをして過ごさねばなりませんでしたし、私たち二人は新しい土地に馴染むことで必死でした。新しく通う中学校は荒れに荒れていて、勉強などまともにできる環境ではなく、私は苦しみに追い打ちを掛けられたみたいな心持ちでした。学校に行かないという選択肢はなく、ただ自由を手に入れたいという願望だけが肥大していく。その一方で、母親は煩わしかった夫と別れて吹っ切れたのか、見違えて変化していきました。スーパーの総菜売り場で働き、身なりに気を遣うようになり、好きで聴いていたわけでもなかったであろう歌謡曲を覚え、日が暮れると決まってスナックに出掛けていくようになったのです。

おかげで母親が家に居ないという喜びもできたのですが、いつしか家には知らない男性がとっかえひっかえ連れ込まれるようになりました。学校から帰宅すると、昨日連れ込んでいた男性とは違う男性と顔を合わせ、また翌週には別の男性と顔を合わせる。そんなことが頻繁に起こったことで、母親の貞操観念の低さが信じられなくなり、いよいよ逃げ出すときが来たのだと思いました。しかし遠くに行きたくても車がないと生きていけない田舎で、免許もない中学生が自力で何とかできる手段は殆どなく、行動範囲も限られていました。

仕方なく私は中学校を卒業するまで、またじっと我慢をすることにしました。そして家からできるだけ遠く、電車で片道一時間ぐらいの距離にある女子高に進学を決めました。自己主張を理不尽に切り捨てられた環境で育った私にとって、母親から離れた場所での自由は救いでした。生きていることを実感し、世間並みであることが当たり前に赦される。何よりも嬉しかったのは人間として扱われることで、共感してくれる友人たちや、間違っているときは理解できる言葉で説明して叱ってくれる先生たちに、心が洗われていくのを感じました。これまで奪われてきたものが取り返され、高校三年間で狭かった世界が一気に拡がっていく心地良さがあったのです。

大学入学を機に上京して一人暮らしを始めた私は、自分の責任でやりたいように生きていこうと考えていました。毒親に縛られることなく、興味のあることには挑戦し、失敗を恐れず経験していきたい。人間関係にしても仕事においても、様々な選択肢や多様性のある東京で、自分ならではの生き方を見つけようと意気込んでいました。そのため就活にも積極的に取り組み、幼い頃から得意だった文章を書くことを生かして、卒業後はいまの出版社に就職しました。しかし学生時代とは違って年齢も様々で、慣れない言葉遣いや対応は勿論、社会経験がない私にとってはどれもが信じられないほどの苦労を要するものばかり。出版社で働く上で身につけなければならない専門的な知識や、膨大な仕事量は想像をはるかに上回り、じわじわ劣等感が募っていくのがわかりました。残業で消耗し、睡眠時間は削られ、それでも職場のスピードには追いつけず、周囲の励ましや期待に益々押しつぶされそうになっていく。あきらかに他人より劣っているという罪の意識が頭をもたげてきて、私を駄目な人間だと糾弾しました。こんな簡単なこともできない私は、必要とされていない人間なのではないか。そんなとき決まって私は誰かに慰められることを求めました。褒めて甘やかして欲しい。この否定的な感情を拭い去ってくれるのならば誰でも構わない、と。

ふいにいまの自分が、食卓で平手打ちをされていた頃の自分と、重なるのを感じました。母親の仕打ちから救われたときみたいに、劣等感と向き合わざるを得なくなっていた私を、他人が承認してくれることを望んだのです。

私は、男性を求めました。容姿や趣味が合うかどうかは置いておいて、寝ることで安寧が得られるのであれば誰であろうが構わない。自分を愛してくれる相手ならばいいと、ある程度の期間を過ごしたら交際相手と別れ、また出逢った別の相手とお付き合いをしました。複数の男性と途切れることなく躰を重ねて、ひとりひとりに執着も、その後の幸せを願うこともせずに呆気なく別れる。実に冷淡な女だったと思います。その悪癖が日常になる頃には、交際相手からの愛情だけでは満足できなくなっていました。自身を蝕んだ他者からの承認欲求はどんどんと膨れ上がっていて、同性や恋人から受ける慈しみのような愛情ではなく、もっと束縛に似た強い欲望で抱擁されることを欲していました。

私は性欲を制御することができなくなり、より多くの男性を求めました。職場で知り合った男性から飲み屋で鉢合わせた初対面の男性まで、出逢いは様々で、彼らが私と寝たいと思っていることがわかれば、簡単に一晩を共にしました。誰でも良かった。ともかく我慢できなくなっていたのです。

彼らとの行為は、愛とは無縁であったものの、理屈抜きで安心感を与えてくれました。だから私は身につけた術のすべてを遣って、相手に尽くしました。躰を滾らせ、難しい思考が柔らかくなるのを感じながら、相手の躰に内包された酸素を吸い、包み込んで身を委ねる。存分に私を可愛がってくれる彼らとの交わりは、実生活での呼吸さえ楽になる錯覚すら覚えました。

そんな渦の中に、あなたと出逢ったときは居ました。だからこんなことを言うのは憚《はばか》られるのだけれども、最初はあなたとも寝たら共れきりになるだろうと思っていました。多くの男性と同じで、食事に行ってお酒を呑んだら、頃合いのいいところでホテルに移動して寝て終わり。なのにあなたはいつ会っても一定の温度で、私の考え通りに事を運んでくれはしませんでした。仕事終わりも、共に過ごす休日も、強引に関係を進めようとはせず、顔色を窺って、どちらかと言えば流されるみたいに接してきました。ならば無理やりにでも、私からどこかに連れ込んでしまえば良かったのでしょうが、そんな気にもならず、無性に腹立たしく思っていました。ただ同時に、あなただけに注がれていく親密さや、愛おしさも感じるようになっていき、私は悪癖を断ち切ろうと、あなたとの交際に至ったのです。

こんなことをあなたに伝えるべきではないというのは、重々承知しています。あなたを傷つけることも、私たちの関係に亀裂が生じ、築き上げてきたものが崩れ去って、取り返しがつかなくなるかもしれないということも。でもこれまで私の身に起きてきたことを隠すのは、あなたに自分を偽っているみたいで、きちんと打ち明けるべきだと感じたのです。

正直に言うと、あなたに出逢うまで、私は他の人を愛したことがありませんでした。あなた以外に愛した人が、本当に思い当たらないのです。だから激しい性欲に突き動かされて行ったすべてが、たとえ愛情の欠乏による承認欲求や、子供の頃に植え付けられた罪悪感のせいだとわかっていても、自分自身がひどい罪を犯したように思えてなりません。当然そんなものは言い訳に過ぎないのはわかっています。だけど、その理不尽な性欲のお陰で救われてきた私が、あなたと会話をし、一緒に過ごしてきたのも偽りのない事実なのです。

これは凄くあなたに遠慮のない表現なのだけど、あなたのお父さんも、そんな二重の自分と向き合いながら生きてきたんじゃないかと思うのです。浮気相手の女性との関係に無理があることもちゃんとわかっていたし、どんなことがあっても帰る場所は家族だと決めていて、それでもあなたたちには言えない孤独を抱えていたからこそ、浮気相手に救いを求めたんじゃないかな。だから私が言うことではないかもしれないけれど、この先にどんなことがあっても、どうかお父さんを責めないであげて下さい。お父さんを受け入れて、今まで選んできたことすべてを赦してあげて欲しいのです。お父さんはもう充分傷ついてきたし、あなたも、もうこれ以上自分を損なう必要なんてない。何も怖がることなんてないのだから。

きっと、家族というのは私たちが想像するよりも、ずっと心地良いんだと思う。自分勝手に恐怖を煽って震えることなんてないし、見て見ぬふりをして遠ざけてきた過去に傷つくこともない。それにひとりで食卓に座って、泣きながら食事を喉に流し込むことも、張りつめた空気の冷たさを感じることもないほど、愛情深く満たされた場所なんだよ。私も母親のことを赦して愛せたら、どんなに幸せだろうと考えています。腹立たしくても、母親と同じ血が流れているのは抗えない事実で、奪われてきたものは後悔しても取り戻せるわけじゃない。それに母親自身も私と同じように、両親からの愛情を受け取れなかった子供だったのかもしれないのだから。難しいかもしれないけれど。

随分と長くなってしまいました。まだ書きたいことはたくさんあるけれど、この辺りでやめておきます。思えば、こんなに長い手紙を書いたのは初めてかもしれません。おそらく私たちは、遠慮し過ぎている部分が多く、言葉にするにも消化するにも、考えあぐねて時間がかかってしまうのでしょう。ならば必要なのは、返信必須のやり取りではなくて、じっくり互いのことを相手に打ち明けることなんじゃないか。そんな考えが頭を巡り、筆を執ってみることにしました。

お父さんのこと、さぞ辛かったろうと察しますが、どうかあまり無理をしないで。ご兄姉の皆さんも、気を落とされていないか心配です。都合がいい話だけれど、ご実家に伺って以来、私にとっては准と変わらぬほどに大事な人たちです。

それでは身体に気をつけて。
傍に居てあげられなくて、色々なことを黙っていてごめんなさい。
まさ美

第六章　僕

父の葬儀はそれなりに立派なものだった。

遺体の損傷がそこまで進んでいなかったこともあって、数名の身内だけではあったが直葬ではなく家族葬で送ることができた。僧侶が読経をあげる前方の祭壇には、穏やかな色合いの供花が綺麗にあしらわれ、好物だった食べものや嗜好品、自室に置かれていた英文の難しそうな書籍などが供えられていた。そして飾られた数枚の写真には、まだ家族の仲が良かった頃の僕らが、もはや記憶にはない場所で微笑みを浮かべていた。

母は葬儀に参列しなかった。姉曰く、父が亡くなったと電話をかけると、母は言葉を詰まらせていたという。暫く黙ってようやく電話越しに口を開くと、寂し気な、それでも柔らかく懐かしむような声で言ったそうだ。「あの人も頑張ることを辞めちゃったんだね」。それ以上、姉は何も言えなかったらしい。

父は山梨県の河口湖周辺にある廃屋で呆気なく発見された。第一発見者である建築業者が、オートキャンプ場建設の障害となっていた所有者不明の家屋を訪れたところ、戸口付近にサンダルが放置されているのを見つけた。それで中に入ってみると、腹の上で手を合わせて亡くなっていたらしい。裸足で、渋い赤色のブルゾンを羽織り、ポケットには地元タクシーの領収書、名前と年齢が印字された交通系カード。あと剝き出しのまま、捩じ込むように千円札二枚と小銭が入っていたという。

山梨県にある警察署に引き取られた遺体は、随分前に製本屋までの行き来で利用していた交通系カードによって身元が割り出された。連絡を受けて、すぐに兄が遺体の確認に向かうと、姉は喪失感で混乱したのか、視界が水浸しになりそうなほどに泣いていた。僕と隆司さんは、それを必死で宥めることしかできなかった。

ただひたすらに待ち、父が家に帰れたのは日付が変わった深夜三時五十二分。失踪当日から数えること二十一日目、無言の帰宅だった。

遺品として扱われたタクシーの領収書はかなり高額で、日付から数えて八日前に乗車したものだった。廃屋に向かうために利用したのだろうか。それとも明確な理由なんてなくて、ただタクシーの後部座席に身を預けただけなんだろうか。真相はわからなかった。しかし印字されているタクシー会社に電話して訊いてみよう、と姉が言うのを僕は止めた。運転手に問い合わせたところで、どちらにせよ虚しさが残るだけだ。手掛かりが摑めても摑めなくても、僕らの気が晴れるわけではない。そう説得した。

思い返せば、父について殆どのことを知らなかった。好きな食べものや趣味、学生時代にどんな経歴を歩んできたかなど。音楽に関してだけ言えば、吉田拓郎に憧れて、昔はフォークギターで弾き語りをしていたという。その証拠に棺に入れるため探したアルバムの中には、若かりし頃の長髪の父がギターを抱えながら、愛嬌のある笑窪を湛えた写真も存在していた。つんけんとして非常に厳しかった父からは想像がつかない内面に、驚愕したのを覚えている。

焼香を終えた姉が着席し、僕は焼香台の手前で遺影と向き合った。一礼し、抹香をくべて合掌すると、煙が一筋の糸みたいに燻っていた。読経を終えた僧侶に頭を下げ、葬儀担当者が閉式の辞を述べると、祭壇の前に棺が降ろされた。湯灌《ゆかん》師に身なりを整えて貰った父は、化粧をされて血色が良くなってはいたが、ガスが液体となってじんわり目から滲み出ていた。亡くなって数日経っていることもあって、臓器の腐敗が進行したため、ぎゅうぎゅうにドライアイスを詰め込まれているのが何だか不憫のようにも思えた。

別れ花が遺体に飾られ、それぞれの想いを綴った短冊が棺に入れられると、姉は顔を歪ませて、隆司さんに縋りついて泣いていた。無防備な感情を滾らせて、涙を流すことが日常の一部にでもなってしまったような姉から視線を外し、隣に立つ兄を見る。するとあの兄でさえ瞼を滲ませて、永別を悲しんでいた。何泣いてんだよ。体の奥がどんどん冷えていくのを感じ、すべてが遠い出来事として映っていた。泣くであろう場面には違いないのに、まったく涙が出ない。あれだけ疎ましがっていた父が亡くなった途端、兄も姉も都合良く頬を濡らしているのが腹立たしかった。家族を苦しめてきた父が死んでしまったのだから、踊り出したいほど嬉しいはずじゃなかったのか。なのに妙に白々しい。悲しいのか、悔しいのか、それとも最後まで打ち解けられなかったのが心残りなのか、気持ちを整理しようと流している二人の涙がどうも気にくわなかった。いや違う。おそらく僕は火がついた勢いで哀しむことを、偽善のように感じているのだ。亡くなった途端、父を悲しむことにも。疎遠になっていた親戚が、こんなときだけ集まって傷心していることにも——。

家族の泣き声が部屋中に響くのが我慢できず、新調して持って行ったハンカチを、手で涙を拭っていた兄に差し出した。予想外の行動に兄は驚いていたが、僕はすっと目を逸らし床に映る棺の影を見つめた。ふいに父の胸あたりに添えられた短冊が目に入った。《いままで本当にありがとう》と書かれた姉の文字に、まるで映画の一場面でも見ているみたいだと、虚ろになって舌の先を強めに噛んだ。

釘を石で打ってふたを閉じ、棺を霊柩車のリムジンに乗せると、下手くそな挨拶を喪主である兄が終わらせた。後続車であるマイクロバスに乗り込んだ僕は、睡眠不足と車内の揺れで酔ってしまい、ひたすら目を瞑っていた。運転が荒く、空気がこもった車内で、窓を開けることすらも遠慮し、ひたすら何も考えないようにしようと徹していた。そのため火葬場で点火ボタンが押されるなり、すぐさま喫煙所へと移動した。煙草を口に咥え、煙突から立ちのぼる煙を見上げていると悠然と一筋の煙が流れていく。休みなく動く火葬炉では哀しみが焚き上げられているようで、否が応にも感傷的な気持ちになって重い瞼を擦った。

当然のことだがあまりの慌ただしさに、昨日通夜が終わるまで息をつく間もなかった。夜伽《よとぎ》の線香を絶やさぬように起きていた兄は、交代で僕に変わると安心したのか爆睡し、親族の控室で猛烈な鼾を響かせていた。だから、ありのままを綴ったまさ美からの手紙にも目を通せていなかったほどだ。

手紙には赤裸々な過去が書かれていた。何度か時間をかけて読み直し、彼女が伝えようとした言葉、一文字一文字に思いを馳せた。母親と栃木で過ごしてきた日々を想い、取り繕わずに伝えようとした、無数の男たちとの情事を思い描いた。それらは彼女が書き記していた通り、僕の感情をひどく揺さぶり、傷つけるものだった。

彼女の過去を悲しい因縁と受け止めるのには、僕はまだ幼稚過ぎた。劣等感から派生した性欲の膨らみを咀嚼するにはもう少し時間が必要な気がしたし、父のことをどう赦すべきなのかもわからなかった。

結局のところ、父はどんな人物だったのだろう。僕の親として存在し、同じ屋根の下で過ごしてきた歳月は一体どんな意味を持つものだったのか。そして何故、最期の地に山梨県を選んだのか。家族とは言え、わからないことが多すぎた。失踪した理由や抱えていたであろう本心は、残された人間にはわからない。居なくなった人間は喋りはしないのだ。父を恐れ疎んできた僕にとって、それらは相当な混乱を生じさせるものに他ならなかった。

黒から白に煙が変わると終わりの合図である。

「准くん」

呼びに来たのは隆司さんだった。親族で遺骨を迎える前に兄弟でお義父さんと会っておいで、と労わるような声で言われ、僕は火を消そうと煙草に視線を移した。しかしすでに吸口の部分まで燃え尽きていたことに気付き、心が此処にないのを自覚した。

待っていた兄と姉の元に戻り、荼毘に付されて横たわる父――だった遺骨と向き合った。まだかなりの熱を帯びている台の上には、棺に使われていたであろう留め具や、燃えた後の煤に混じって、きちんと人の跡が残っていた。頭蓋骨や大腿骨は太く綺麗に残っていて、不謹慎にもこの脚で遠くまで失踪していたのかと笑える気さえした。兄も姉ももう涙は干上がっていて、変わり果てた父の姿をじっと見つめていた。しかしすでに燃え尽きた父が、そこに居るのかどうかもわからなかった。目の前にあるものは骨で、ただの物質だ。それに何の感情も湧かず、僕らは骨揚げのためにまた部屋を移動した。

長い箸が手渡され、誰も何も言わず、親族で骨壷に遺骨を納めていくと乾いた音がした。びっくりするくらい、軽い響きだった。

「ちっさくなったな」

くぐもった声で兄が呟いた。僕もそう思った。

何もかもを終えて、置き去りにされたみたいに日常へと帰された。浸る間もなくバスに押し込まれ、斎場まで戻ると、遠方から来ていた父の兄弟たちに気遣って、夕飯に出前を取るので家に寄って欲しい、と姉が声を掛けていた。しかし本屋に寄りたいと我儘を言って、僕は断った。普段であれば小言でも言い出しそうな姉も、そんな労力は残っていないのか、素っ気なく頷いていた。

兄を乗せて、隆司さんが運転する車で親戚の車を引率すると、早々に斎場を後にしていった。その段取りの良さがあまりにも迅速で、葬儀屋を決めたり、それまで様々な手続きを進めていた姉の、追い詰められて逃げ場のない状況でも、ぶれずに手際を発揮できる能力を尊敬した。それが一刻も早く此処から離れたかっただけだとしてもだ。

ひたすらに長い距離を歩いて、駅近くの本屋に直行した。何かを選びたいという気分でもなく、書籍の背中を眺め、のろのろと読むかどうかわからない数冊を適当に取り出しては、また棚に戻してを繰り返した。店内に流れるオルゴールの曲に耳を傾け、ふいに——ここにはずっと父が通っていた、ということを思い出した。

僕の知る限り、父は本屋にだけは足繁く通っていた。店内に流れるオルゴールの曲を口ずさみ、一度の来店で気前良く何冊もの書籍を購入すると、寝る間も惜しんで文字に目を走らせていた。そんなときは決まって夜遅くまで和室の灯りが漏れていて、昼も夜もなくなったように部屋に籠りきりだったのを覚えている。

それはあの日、テーマパークに僕を連れて行ったときも同じだった。頬の筋肉を膨らませてよく笑い、浮気相手である彼女と和やかに会話をして、父は頭を撫でてくれた。それは嬉しかったし、とても愉しかった。これが永遠に続けばいいのにと願うほどだった。

でも、僕は泣いたのだ。

「准くんが子供ならとても素敵ね」

彼女が言った、些細な、何でもない言葉が、一気に不安な気持ちを溢れさせた。父と引き離されてしまう、と。

「でも——僕はマサミさんの子供じゃないので。ごめんなさい」

彼女は家族ではない。そうやって咄嗟に声をあげた僕に、父は何も言わなかった。彼女も目を赤く潤ませながら、そうだよねと無理やり口元を綻ばせて何度も頷くだけだった。僕は怖かったのだ。たとえ父が彼女に救いを求めていたのだとしても、父を奪われるわけにはいかなかった。僕には父が必要だった。

園内から出ると、彼女はその場に残って車が見えなくなるまで手を振っていた。なのに父は相変わらず黙っていた。そして車を走らせるとこの本屋に立ち寄って、好きな本を選んでいいと言ってくれた。しかしソフトクリームを握っていた手はべたべたで、好きな本に触れることも、自分の気持ちを父に伝えることもできなかった。それに父は気付いてはくれず、本屋から帰宅すると自室に籠って出てこなくなった。床に零れる和室の灯りを見つめながら、僕は何度もごめんなさい、と呟いた。それが痛いほどに哀しかった。

きっと、父はひどく繊細だったんだと思う。だけど自分の息子に理解を求めるなんて大人の都合でしかないし、子供には通用しない。彼女の優しさだって、僕には要らない思い遣りでしかなかったのだ。

遠くなっていた記憶が灰になった父と重ならず、逆るような動揺を感じた。もう二度と、会うことができない。会話することができない。

堪《こら》えていたわけでもないのに哀しみが激しく胸に拡がって、体中から絞り出されるみたいに涙が溢れ出た。一緒に過ごした場所が息苦しく、あり得もしない望みだとわかりながらも書籍を会計する父の姿を探した。だが、父が財布を開く姿は見つからなかった。新しい世界に父は居ない。そう叩きつけられたようで堪らなく、余計に涙が止まらなくなった。

突然、感情が溢れ出した僕を、店員や他の客が不審がって一瞥したが、すぐに皆知らん顔をして通り過ぎて行った。それで良かった。放置しておいてくれる方が有難いし、涙を流すときは知っている誰かに見られたくなかった。

僕は勝手に泣き続けた。誰も哀しみに触れて欲しくなかった。いまは寂しいぐらいが丁度良いと感じていた。

これが、さようならだ。

最終章　家族

「准――准――、荷物来てる――」

目を開けると何の変哲もない朝だった。日付は変わっていたが、僕は礼服のままベッドに横になっていて、ズボンも脱がず窮屈な格好をしていた。

昨晩僕は、本屋を後にすると家に真っ直ぐ帰れずに、地元の小さな映画館に向かった。その映画館は夕方から深夜にかけて渋いラインナップを流していて、泣き濡れた僕には都合が良く、足を踏み入れたことがなかった座席に重たい身を預けた。空腹だったし、何でも良いから座って冷たい飲み物が飲みたかった。注意されたら止そうと思って買ってきた缶ビールを喉に流し込み、まとまらない思考をぼやかしていた。考えてみれば久しぶりの酒だった。映画が尽きると席を立って、適当な店に入って酒を飲み続けた。そのため酔いが回るのは早く、帰宅するとすぐにジャケットやネクタイを外し、布団にもぐり込んで眠ったのだった。

カーテンが白く輝いているのをぼんやりと眺めながら、階下から聞こえる姉の声に不機嫌な寝ぼけ声で応える。

「何――？」

「荷物――、まさ美さんから」

観念して身体を起こし、泣き濡れたことで汚れたレンズを磨いて、眼鏡をかけた。部屋を出て台所に向かうと、和室の方から線香の香りが漂ってきて、葬儀の翌日だということが思い出される。

姉は米を研いでいた。しゃりしゃりと小気味良い音が響き、忙しなく働く姉の背中を眺めるようにして席についた。

食卓の上には、梱包された段ボール箱が置かれていた。確かに依頼人として、まさ美の名前が書かれており、伝票には〈いちご〉と品名が印字されていた。発送元は栃木県の農家かららしく、ガムテープを剝がし包装を開けると甘酸っぱい匂いがした。

「気遣わなくていいって言ったのに」

僕が困った声をあげると、手元の作業を止めることなく姉が言った。

「いいじゃないせっかく頂いたんだから。そういうこと言わないの」

「それはそうだけどさ」

「言っておいてね、有難う御座いますって」

「わかってるよ」

隆司さんも、兄も不在だった。大方、隆司さんは姉に頼まれた用事に出ていて、兄は自室に籠っているかパチンコにでも行ったのだろう。

食卓に座って姉を眺めていると、まるで母を見ているような気持ちになった。そういえば背丈も同じぐらいだし、髪型も本人が意識しているかどうかは別として、アルバムにあった昔の母そっくりだった。

幼い頃、僕は食卓に座って、その日あった出来事をよく母に報告していた。嬉しかったこと哀しかったこと、様々なことを打ち明け、遊びに行った先での特別でも何でもないことまで嬉々として聞かせた。そして何かが欲しいとねだるときも、この席から母に向かって説得を試みた。その度に母は後ろを振り向きはせず、食事を作りながら背中で会話をし続けていた。

頬杖をつきながら回想に耽っていると、まるで幼少期に還ったみたいで気恥ずかしくなった。そんなことを今更思い返してどうなるのか。

「ねえ」と、姉に呼びかけられた。

「ん?」

「あんた、あの子と結婚するの?」

「たぶん。そうなると思う」

「そう」と姉が短く応えた。「良いんじゃない。可愛いし」

「とか言って、そう思ってないんじゃないの?」

「何が」

姉が向き直り、遠慮がちに僕の目を見つめた。

「いや、だってさ」

言いかけて躊躇《ためら》った。まさ美が来たとき、嫌悪の表情を見せていた姉に、あのときのことを思い出させるべきではない気がした。それを姉も察したのか、再び背中を向けて水道を捻り、米の研ぎ汁を流した炊飯釜に新しく水を注ぎながら言った。

「あれは、気にしないで。自分の家のことで騒いだりして恥ずかしい」

水の音に吸い込まれていくような口調だった。僕はそれ以上の追及を止めた。

「なら良いんだけど」

「ほんと大丈夫だから、もう見なかったことにして」

「わかった」

大人が大丈夫と言うのだから、それなりの理由があるのだろう。ここ数日で、姉の中に在ったつかえが、涙と一緒に落ちきってしまったのかもしれない。

改めて僕は伝票を眺めた。ほっそりとした筆跡で丁寧に書かれた文字は、まさ美の気遣いをしすぎる性格の象徴でもあり、所在ない本心の一片でもある気がした。

「上手くやってるの?」

姉は釜を炊飯器にセットして、何でもないように続けた。そして食卓の上に雑然と置かれた麦茶のパックを取り出して、水切りにあったプラスチック容器に入れると、また水道を捻る。

「まあ、やってるかな」

「喧嘩とかもする？」

「するよ。普通に」

「あんた、優柔不断だからね」

水出し麦茶を冷蔵庫に仕舞い、笑い出しそうに姉はこちらを見た。

「そんなことないでしょ」

「そうだよ。何食べるかもなかなか決められないし、すぐ何かに迷っておろおろする。断れない。人の頼みとかもそうだけど」

「そんなことないって」

「そういうの女の子は嫌がるからね」

「わかってるよ。もういいよ」と余計な忠告に辟易とした。

「大事にしなよ。彼女のこと」

「母親じゃないんだから」

途端に、はっとして恥ずかしさを覚えた。先ほどまで母の姿を思い浮かべていたからかもしれない。まさか自分の口から、母親という単語が出てくるとは考えてもいなかった。

姉は平然としていた。そして笑うなり、身体を揺すると言い返した。

「母親だよ。この家にとっては」

強い口調だった。もうとっくに我が家の母親として腹を括っている、そんな表情に、僕はいままで任せきりにしていたことに対して、申し訳なく思った。

「どこが好きなの？」

食卓の上に投げ出すように置かれた箱や剝がして丸めたガムテープを拾い上げながら、姉は続けて訊ねた。

「何が」

「彼女」

「それ喋る必要ある？」

眉をひそめた。質問の応酬と恥ずかしさによる焦りから、少し声がくぐもった。

「いいじゃん。教えてよ」

「普通だよ。楽だし。一緒にいて気楽だから」

誤魔化すように言った。この話題を早く終わりにしてしまいたかった。

すると納得したのか姉は何度か頷いて、僕の向かいに腰を掛けた。そして姉にしては珍しく控えめな、おずおずとした口調で訊いた。

「この家にいるときの准と、全然違う？」

「どういうこと？」と、僕は訊いた。

「わたしが知ってる准とは、やっぱり、そこには全然違う准がいるのかなって」

「そんなの、自分だってそうでしょ。隆司さんといるときと、俺とだったら全然違くない？」

「それはそうだ」

姉は顔を赤らめて笑った。くつくつと肩を揺らす仕草は新鮮で、無邪気にも脆く儚げな少女のようにも映った。それと同時に、彼女が重ねてきた労苦が滲んだ気もして、僕は姉に報いたいと言葉を探した。

「でも、どんな自分も自分だよ。受け止めないとしんどいよ」

まさ美に習っただけの言葉を継いだ。あなたがあなたじゃなくなるわけじゃないんだから、と他人の口述を拝借するだけで、つくづく僕は自分から出てくるものを何も持ち合わせていないのだと呆れる。だが無理に取ってつけた言葉を聞くと、姉はじっと頭を働かせるみたいにして言った。

「准、ほんとお父さんに似てきたね」

「何それ」

「こないだ隆司が言ってた。准が一番お父さんに似てるって」

「それ嬉しくないんだけど」

苦笑した。思い当たるところがないわけではなかったが、姉の指摘に素直に同調するわけにはいかなかった。本が好きなこと、音楽が好きなこと。それらは長髪でフォークギターを弾いていたという父を、無意識に僕が辿っているると指摘されているようでもあった。

そういえば、まさ美からの手紙に書かれていた《父》という文字を見て、僕は何とも情けない姿だなと思った。彼女の筆跡特有である細長い体を縦に伸ばし、天井を手のひらで必死に支えているような姿は、まったく父親としての威厳がなかった。元々、子供たちのために鞭を握って獲物を狩りに行く男性を表した象形から成り立った漢字だというのに、男らしさのかけらも感じられない。どこか弱々しく、内気な性格を秘めているみたいで、それが僕の将来と重なる気がした。

きっと僕は子供に手本を見せ、物事の善悪や社会においての仕組みなどを、正確な方法で教えられる父親にはなれないだろう。お前の好きなようにしたら良いと、子供に言う機会が増えるだろうし、遠目に成長を見守るだけで取り立てて何もしてやれない気もする。おそらく僕はまともな大人ではないのだ。でも、それらはすべて僕自身の問題だ。というより、父がどうこうは関係ない。だから似ていようがいまいが、それも関係ない。

どうでも良いことなのかもしれない。

唐突に、ぱっと胸に閃きが差した表情を姉が浮かべた。

「ねえ、准の携帯ってスマホだよね?」

姉は未だにガラパゴスタイプの携帯を使っていた。月額使用料が安いことと液晶画面に傷が入ることがないという理由で、機種変更をしても同じタイプのものを使っていた。気軽にインターネット検索ができない不便さは、隆司さんのスマホもあるし問題はないらしかった。

「そうだけど」

「ちょっと貸してくれない」

「いいけど、何で?」

疑問が口を衝いた。すると姉は顔を綻ばせながら言った。

「ちょっと前のなんだけどね、紅白見たくて」

「へえ、誰か見たい人いた?」

「イエモン」

「え」と目を見開いた。「姉ちゃん、イエモンなんて聴くの?」

「聴くよ。好きだもん」

「まじで」

驚きがそのまま声になった。姉が好んで聴いているとは、考えもしなかった。

「俺、知らなかったんだけど」

「だって、あんたと喋んなかったじゃん。あの頃」

覚えていなかった。でも確かに、姉との会話で記憶しているものはなく、覚えている殆どが気持ちが通わないようなものばかりだった。

「そうだっけ？」

「そうだよ。だからあんたが何聴いてたとか、知らないもん」

「俺だって好きだったから、イエモン」

「嘘だー」

「嘘じゃないって。それこそ高校生のときから、ずっとCD集めてたし」

「え、私もずっと集めてたんだけど」

僕も姉も、思わず笑った。

学生時代の小遣いやアルバイトで稼いだ微々たる給料を考えると、姉弟で貸し借りしていた方が圧倒的に意義のある金銭の使い方をすることができただろう。それがなかったため、僕らはそれぞれ一セットずつ同じCDを集め、別々の部屋で同じ音楽を聴いていたのだ。

きっと、この家の窮屈さに息を殺しながら大人になりたいと願ってきた僕は、胸の中にある苦悶ばかりに目を向けていたのだろう。そう気付くと、自分を恥じるような吐息が洩れた。

「阿呆くさ」

「いいから。ほら、スマホ貸してよ」

ポケットにあったスマホを渡し、〝イエモン　紅白〟と検索する姉の顔を見つめた。動画はすぐに出てきて、見つけた姉は嬉しそうに息を弾ませた。

THE YELLOW MONKEY『JAM』――この曲は一九九五年に作られたそうだ。阪神・淡路大震災、地下鉄サリン事件と立て続けに起きた出来事で世の中に湧いていた大きな不安を憂い、ボーカルの吉井和哉自身が当時感じていた不条理を曲にぶつけ、愛する家族や仲間のために作ったという。あれから二十年が経ち、当時と同じように不安を抱えている、いまだからこそ、歌だからこそ、未来に繋がる願いが届けられるのではないか、そう司会者は丁寧に言葉を紡いでいた。

大勢の拍手が聞こえて演奏が始まると、僕たちは小さな画面にあるヒーローの姿に釘付けになった。伸びやかなボーカルと繊細な演奏。それらが大袈裟にも、すべての無常を洗い流してくれているみたいに、僕には聞こえた。

「すごいよね。復活」

姉が感嘆した声をあげた。それに僕は頷く。

「でも何で解散したの?」

「あるじゃん色々。バンドって他人の集まりだから」

「まあ、そうね」

静かに姉は言った。そして聞こえるか聞こえないかぐらいの声で、隠すように付け加えた。

「家族も一緒だけどね」

でも聞こえてないのか聞こえているのか、姉が音楽に本心を隠したみたいに、僕は反応することを誤魔化した。おそらく僕らは逆の立場でも似たことをしただろう。それでも音楽がある限り、距離は縮まる気がしていた。

楽曲のアウトロにさしかかろうとしたとき、兄が帰宅した。玄関ドアのぶつかる音が聞こえ、昨日と同じ背広の上下を身につけた兄は、台所に姿を見せると食卓を見やった。

「おかえり」

「悪い。今、ちょっと良い?」

折り曲げた封筒を手にして、兄が言った。

「話あんだけど」

僕は動画を止めた。兄は僕の隣に腰を下ろして、神妙な面持ちで切り出した。

「昨日の今日であれなんだけど、親父の、付き合ってた女のこと調べて貰ったから」

「え」

声を漏らした。

姉もまったく同じ感想だったのか、突然のことに胸を刺されたような顔をしていた。

「これ」

書類を食卓の上に差し出して、兄が置いた。僕も姉も、口を開けたまま思わず固まった。驚きで激しく動悸がする。

「俺らもいい歳だし、あの人も、もう家族から解放されてもいいじゃねえか。だから親父が、自分の意志でこの家を出て行ったんなら、それはもうそっとしておこうと思ってたから――」

終わったはずの浮気相手に、父が会いに行こうとしていたならば。そう言ったきり、兄は黙ってしまった。

でも、父は見つかった。もう手遅れだ。その事実を上回ってまで喋れることが見当たらないように思えた。

「だから警察行くの渋ってたの？」

「悪かった」

ぽつりと言った姉に、兄は深く頭を下げた。

「でも、俺のけじめだったから」

姉は食卓の手前を凝視していた。そして気圧されたみたいに息を吸うと、慎重に言葉を吐いた。

「言ってよ、そんなの今更言われたってさあ」

「申し訳ない」

「お兄ちゃん、何も考えてないんだって思ってたよ」

非難めいたものが声に混じり、姉は瞬きを我慢していた。いつの間にか目の底には涙が一杯溜まり、溢れ出る機会を窺っていた。

恐る恐る、僕は訊いた。

「それで——その彼女は?」

「書いてある」

食卓の上に差し出された封筒を手に取った。中身を確認すると、数枚の報告書にクリップで写真が留められていた。

緊張で、手に汗を握った。写真には、当時と変わらない父の浮気相手が写っていた。綺麗な顔立ちで、口角を持ち上げた柔らかな微笑みはまったくそのままで、肩よりも伸ばした黒髪はばっさり短くなっていた。それでも几帳面に揃えられていた髪や、整った衣服からは、あの頃嗅いだ洗剤の甘い香りがするかのようだった。そして彼女が見つめる先には、小さな女の子の姿があった。丁寧にアイロンをかけられたであろうブラウスに袖を通した女の子は、玄関先で、手を引く彼女を見上げていた。これから連れて行かれる場所に、胸を躍らせたような表情が、ひどく印象的に思えた。

そこには幸福な、理想とする家族の姿があった。

「いまじゃ旦那と、子供と暮らしてるんだってよ。家族がいるんだって」

羨むみたいに、擦れたような低い声で兄は言った。あまり見せない態度に、僕は小さく頷いた。

「そっか」

「何か、馬鹿みたいだね——うちら」

瞬きをせぬまま、姉の瞳からは涙が流れ落ちた。そんなことないでしょ。そう言うので、僕は精一杯だった。

沈黙した。誰も何も言わなかった。それぞれが何を考えているかわからないが、でもきっと兄弟して父のことを考えているのは間違いなかった。

すると小さく息を吐いた兄が、僕らに呼び掛けた。

「なあ」兄が訊いた。「お前ら飯食ったの?」

「食べたけど」

「何だよ。俺、腹減ってんだけど」

「そんなこと言われても何もないよ。いま隆司が買い物行ってくれてるんだから」

いつもの調子で姉が言うと、悪態をつくみたいにして兄は続けた。

「まじかよ」

「うどんでも茹でてあげようか？」

「うどんって気分じゃねえんだよな」

「そんなわがまま言われても困るよ」

しぶしぶ姉が冷蔵庫を開けた。丁度座っている位置から見えた冷蔵庫内は、普段あるはずの常備菜などは見当たらなかった。暫く父の葬儀でごたついていたためだろう。姉の背中越しに映る、空っぽの冷蔵庫が物寂しく感じた。

僕も起き抜けで空腹だった。しかし、いまさら言い出すこともできず、事もなげな表情を浮かべた。

ふと、甘酸っぱい匂いが鼻をついた。

「いちごは？」

「そうだよ。いちご食べようよ」

「はあ？　いちご？」

兄が怪訝そうな声をあげると、姉は梱包されていた段ボール箱から掬《すく》い上げるように、いちごのパックを取り出した。

綺麗な円錐形をしたいちごは、一口では収まらなさそうなほど大粒で、〈スカイベリー〉と書かれていた。輝く真っ赤なそれは、まるで今さっきまで血液を循環させ、心筋の収縮と拡張を繰り返していた小さな動物の心臓みたいにつるりとした張りがあった。

僕は禄朗さんの話していた――動物の健康チェックの話を思い返した。あのとき、家族を、その健康チェック用の機械に入れたら澄んだ部分には何が浮かぶのかと考えたが、あらためて考えるとそんなことは不可能だ。家族も動物も、個々の身体を調べること自体は可能だが、属する組織体のことなんて検査しようがない。それこそ兄と同じで探偵に依頼したとしても、身元や行動内容を証明する以外で、澄んだ部分の説明にはならないだろう。では、澄んだ部分とは何なのか。理路整然とした言葉では説明できないが、見返りのない愛情や断つことのない繫がりといったものになるのだと思う。

僕はその愛情や繫がりをどう受け止めてきたのだろうか。たぶん雑巾みたいに心臓を絞ったら、雑に感受してきたものしか残らないだろう。だから無意識に、結婚や血縁が続くことに恐怖を感じ、自分自身の薄情さを家族のせいにして、あらゆることから逃げてきたのだ。動物のように本能だけでは生きられない。それが何だかもどかしく、自分らしいと思った。そして、あの父親と母親の子供らしいとも。

流しでざっくりといちごを洗い、水受けが付いたざるに移して、食卓の真ん中に姉が置いた。すると兄が記憶のどこともなく取り出した思いつきを口にした。

「なあ、これ潰して食わね？　よく親父やってたじゃん。砂糖と牛乳混ぜて食うの」

「ああ、やってたやってた」

淡い記憶を辿って、兄は息を弾ませた。

「よく真似して食ってたもんな、俺ら。准と親父と三人で」

「あれ、姉ちゃん嫌がるからさあ。汚いとか言って」

「だって、絶対そのまま食べた方が美味しいもん」

姉は唇を尖らせて、思い出に浸る男二人を引き戻すみたいに訴え続けた。

「それに勿体ないよ。これ高価なやつでしょ」

「いいんだって。うちで好きに食べて欲しいって送ってくれたんだから」

僕は小さく頬を綻ばせた。すると自分に宛てられたものでも振舞うかのように、兄が冷蔵庫から牛乳を取り出して訊いた。

「准は食う？　いちご」

「食べる」

「お前は？」

「食べるけど」

「食うんじゃん」

「だって、準備するのどうせ私でしょ？」

「はいはい、わかったよ」

「もう。そういうとこだよ」

わかったわかったと聞き流して、兄は食卓に座った。姉が文句を言いながら、食器棚から深めの器とスプーンを取り出し、僕に砂糖を用意するように指示を出した。言われた通りに、僕は流し台の上の戸棚から砂糖を取り、食卓に置いて座った。

ひたすらへたを取り除き、スプーンでいちごを切るようにしながら潰した。天然の鉱石を砕いて贅沢な絵具を作るみたいに押し潰すと、さくりと柔らかな感覚が手に伝わってきて、部屋中に甘い匂いが充満した。指の先を嗅いでみると匂いが染みついている。

手狭だと感じていた食卓は、三人で座ると余計に圧迫感があった。取り散らかって積んである物に腕が当たり、子供のときとは違うのだと実感させられた。もう皆、いい大人なのだから当然だ。

「これどれぐらい潰すんだっけ？」

「好みじゃない？」

「跡形なかったよな。あの人のいちご」

「そうね。すごい丁寧に潰してたよね」

「こういう、没頭できる作業好きだったからね。あの人」

「細けえもんな、いちいち」

姉と僕が父を語ると、いちいち兄が憎まれ口を挟んだ。それがおかしくて、僕は茶々を入れた。

「兄貴もそうじゃん」

「はあ？　どこがだよ」

「うちの家族で一番神経質じゃん。そんな見た目なのに」

「見た目は関係ねえだろ。お前が大雑把すぎんだよ」

「大雑把なのは姉ちゃんじゃん」

「ちょっと、私のこと言うのやめてよ」

怪訝そうな声を姉があげた。それに兄が言い慣れているみたいに揶揄った。

「そういえば、こないだこいつ、隆司さんに賞味期限切れた冷凍コロッケ食わせてたわ」

「まじか」

耐えようにも耐え切れず、笑みが吐息になって漏れた。

むっとした姉は本気になって、面白おかしく話す兄に不満をぶつけた。

「あのねえ、冷凍してあるやつは、ちょっと過ぎてたって大丈夫なんだよ。賞味期限っていうのは、おいしく食べるための目安みたいなもんなんだから。そうやって主婦は毎日ご飯作ってるんだよ」

「わかったわかった」

「ご飯作らないよ？　そんなこと言ってると」

「わかったって」

まさに団欒といった光景に、僕は気後れしながらも笑っていた。僕ら兄弟が、ひとつの卓を囲んでいちごを潰すなんてことは、もう二度とないかもしれない。

そんなことを考えていたら、言葉が口をついた。

「まあ男だからね、俺らは。わかんないけど」

すると兄がこちらを一瞥してにやついたのがわかった。意味ありげな表情を浮かべて、唇を反り返した。

「お前さあ」

「何？」

反射的に視線を逸らした。また兄の悪癖が出るのだと思った。

「それ、親父の口癖だよな」

ふいに父が台所にやってきたような気がした。黙って食卓に座り、また自室に戻ってテレビ画面に齧りつく。そんな光景が頭を過ぎり、僕は苦笑した。おそらく当分は、あのむっつりとした顔つきを思い浮かべることになるのだろう。それは確かに、父が存在していたということを意味していた。そして幼い頃のように喜ぶことはできなかったが、やはり僕は父と同じ男なんだと思った。

私はね、いちごが好き。ピンクは女の子の色だから。

ああ——僕は彼女と居るときの父が好きだったんじゃない。彼女そのものが好きだったんだ、と思った。

もしかしたら、父は山梨県にいちごを摘みに行っていたのかもしれない。彼女に食べさせたい、ただその気持ち一つで徘徊していたというのは、かなり無理があるだろうか。でもそれぐらいの方が笑えて、愛すべき行動をとった父を赦せそうな気もした。

大粒のいちごを潰すのに苦戦する男二人をよそに、姉は綺麗に潰し終わって、牛乳に手を伸ばして器に注いだ。そして潰したいちごに牛乳が混ざり、とろんとしたピンク色になると、父の部屋に運んで行った。

和室からお鈴を鳴らす音が聞こえ、家中に優しく響き渡る。

「なあ」

兄が潰したいちごを見下ろしながら、頬の隅に皮肉な笑いを湛えて言った。

「ん？」

「血みたいだな、これ」

潰されて花弁みたいに開いた果肉からは多くの水分が滲み出ていて、真っ赤に濡れていた。

それが僕には、とても美しく見えた。儚くて尊い、平和の象徴のようにも。

「そうだね」

微かに頬を膨らませて、いちごを掬って口に含んだ。飾り気のない味が舌の上に拡がって、それが妙に切なくて哀しく、腹が立つほど懐かしかった。

本書は、二〇二〇年十月に小社より単行本刊行されました。

双葉文庫

や-41-01

だから家族《かぞく》は、

2023年11月18日　第1刷発行

【著者】
山田佳奈《やまだかな》

【発行者】
箕浦克史
【発行所】
株式会社双葉社
〒162-8540 東京都新宿区東五軒町3番28号
［電話］03-5261-4818（営業部）　03-5261-4831（編集部）
www.futabasha.co.jp（双葉社の書籍・コミックが買えます）
【印刷所】
大日本印刷株式会社
【製本所】
大日本印刷株式会社
【カバー印刷】
株式会社久栄社
【DTP】
株式会社ビーワークス

【フォーマット・デザイン】
日下潤一

ISBN978-4-575-52707-0 C0193
Printed in Japan